分成兩半的子爵

伊塔羅·卡爾維諾

Italo Calvino

Il

倪安宇　譯

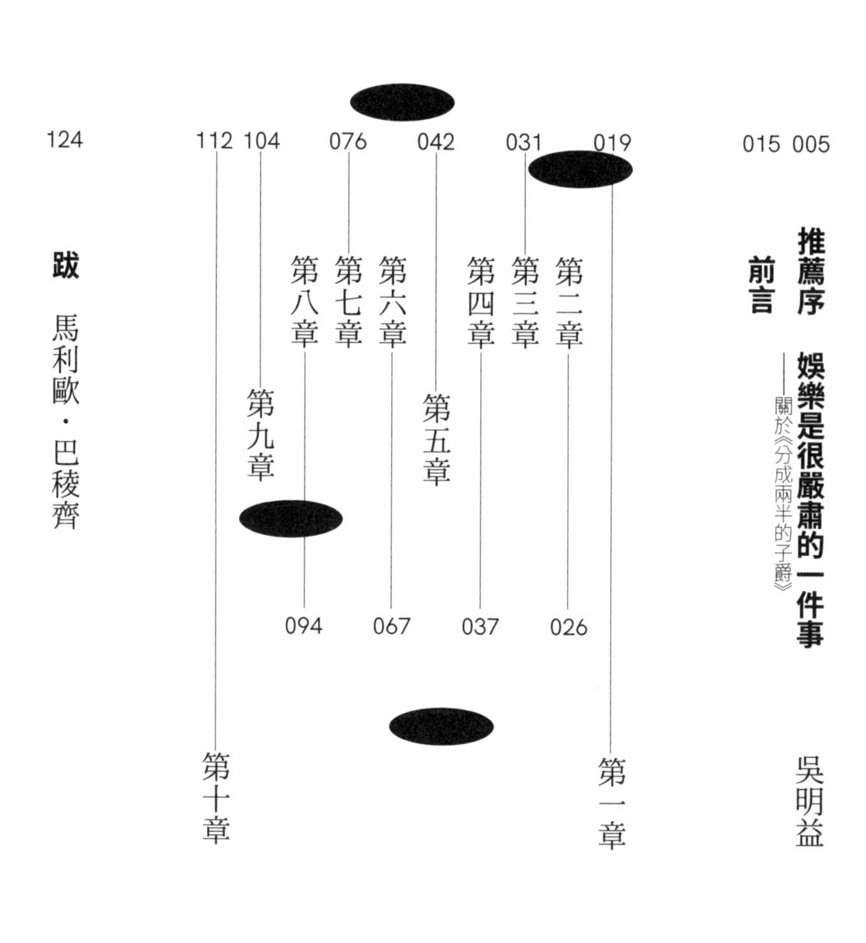

推薦序

娛樂是很嚴肅的一件事

關於《分成兩半的子爵》

吳明益

我的大學與研究所時代，正是卡爾維諾席捲臺灣閱讀市場的時代。「給下一輪太平盛世」甚至成了千禧年前後的流行語，套用在各種社會、文化詮釋、商品上。在此之前，《看不見的城市》（一九九三譯本）、《如果在冬夜，一個旅人》（一九九三譯本）這幾本卡爾維諾的「晚期作品」，成為當時文青認識後現代書寫的基本讀物。當時的我當然每本必買，但也必須坦承，有些作品我當時並無法進入，只是囫圇吞棗地閱讀，並且在課堂或者與同學討論時引用幾句。

由於我一直有做書抄的習慣，至今一打開卡爾維諾檔案時就會看到《看不見的城市》裡的這一段：「他所見到的，總是位於前方的某種事物，即使那是屬於過去的事物，那也是一個隨著他的旅途前進而漸漸改變的過去，因為旅人的路徑會隨著他所依循的路徑而變：不是指立即的過去，不是一天天的過往，而是指較為久遠的過去。每當抵達一個新城市，旅人就再一次發現一個他不知道自己曾經擁有的過去：你再也不是，或者再也不會擁有的東西的陌生特質，就在異鄉、在你未曾擁有的地方等著你。」（王志弘譯本，一九九三）

這些文字是在我還沒辦法被卡爾維諾吸引前打下來的，要再過一段時間（大約十年後），我才會與這些句子裡的猶疑、不安與感嘆產生共振。

不過愛上卡爾維諾的時間要早一點，是「我們的祖先三部曲」——《分成兩半的子爵》（*Il visconte dimezzato*，一九五二）、《樹上的男爵》（*Il barone rampante*，一九五七）和《不存在的騎士》（*Il cavaliere inesistente*，一九五九）引入臺灣的九〇年代中期。也就是說，相對於出版順序，我「享受」並且「理解」卡爾維諾的路徑，比較接近於他創作的時間序。這意味著我就是一個低敏的讀者與創作者，以當時來說，我的品味更「復古」一些。

不過當我讀到《蛛巢小徑》（一九四七，臺灣一九九九年紀大偉譯本），並發現它和我大學時著迷的義大利「新寫實主義」（neo-realism）電影的關係時，又再一次地更新了我對卡爾維諾的理解順序。

評論家歐亨尼奧．博隆加羅（Eugenio Bolongaro）的《卡爾維諾與文學指南針》（*Italo Calvino and the Compass of Literature*）提到，多數讀起來像是架空（或半架空）的「寓言」常常和當時的「現實」相關。這本書把一九四三到一九六三之間的義大利的社會政治變化和藝術主張聯繫起來，認為新寫實主義既是一種藝術主張與美學，同時也是一種政治期待。

二戰末期（一九四三—一九四五），盟軍成功在西西里登陸（哈士奇行動），義大利的法西斯政權面臨嚴重的軍事和政治壓力，墨索里尼的法西斯統治垮臺，佩特羅．巴多格里奧（Pietro Badoglio）接任總理，進行和平談判後投降盟軍。但與此同時，德軍迅速佔領義大利北部和中部，扶植了墨索里尼領導的傀儡政權——「義大利社會共和國」（Repubblica Sociale Italiana，亦稱薩羅共和國）。義大利抵抗運動（Resistenza）興起，共產主義者、社會主義者、自由主義者和基督教民主主義者都組織了游擊隊攻擊德軍和法西斯軍隊。一九四三年卡爾維諾就曾加入了加里波第旅（Garibaldi Brigades），這段經驗反應在他的第一部小說《蛛巢小徑》裡面。這部小說以孩子的眼光看待這段歷史，處處可見新寫實主義的影子，也隱含著對新寫實主義的質詢。

我自己是在完全不瞭解電影史的狀況下開始接觸藝術電影的，因此，法國新浪潮、義大利新寫實主義同時來到我的面前，讓我同時體會到兩種截然不同的藝術衝擊。除了狄西嘉的《單車失竊記》外，羅塞里尼的戰爭三部曲：《不設防城市》（一九四五）、《游擊隊》（一九四七）和《德意志零年》（一九四七），完整地展示了新寫實主義的美學元素與藝術觀點——在實景拍攝、使用自然光源、起用非職業演員，以及地方語言的口語運用。羅塞里尼更啟用當地人作為演員，以至於在視覺上更接近於「紀錄片」。

多年後卡爾維諾為《蛛巢小徑》寫了長序，再一次顯露他做為一個「自覺」或「不斷自省」為何創作的創作者特質，他說：「所謂的『使命感』是種承諾，而選擇這樣的課題，就已經是一種幾近大膽挑釁的炫耀。作者意欲同時站在兩種戰鬥位置上：『一方面，我要挑戰詆毀抗戰精神的人；另一方面，我要挑戰將抗戰精神過度神聖化的神殿看守人。』」因此，他不想只寫「正面的英雄」，年輕的小說家「摩拳擦掌，準備對抗新起的高調。」

《蛛巢小徑》以一個孩子的眼光去看那個混亂的世界，「大人全是不可以不可以信賴的叛徒，他們不像小孩那樣正經嚴肅、全心全意地玩遊戲；而大人的遊戲又太複雜混亂了，根本分不清有誰是認真的……。」他寫那些正面英雄的陰影，拒絕讓作品成為「吹號手」。在我看來，卡爾維諾在這時，就已經發現文字作品比影像作品更容易暴露自身的價值判斷……但這對寫作者來說，是莫大的壓力與挑戰。因此，他嘗試用寓言般的強烈情感與輕快風格構成持久吸引力。（fable-like intensity and levity that constitute its enduring interest.）

新寫實主義到一九五〇年代中末期開始衰退，卡爾維諾充滿魔幻情節與寓言性格的我們的祖先三部曲則為他奠定了在義大利文壇的聲名。《樹上的男爵》主角科西莫（Cosimo）是一名貴族，因為反對家族傳統而決定離家，住在樹上度過一生。他從樹上觀察世界，與人互動，並且參與社會和歷史事件。《不存在的騎士》裡騎士阿吉洛夫（Agilulf）穿著一副空盔甲，靠純粹的信念維持存在。我第一次讀到盔甲下空無一物的騎士，竟有一長串的頭銜時，一種空洞的悲哀以及荒謬感油然而生。這並非是卡爾維諾寫出來的，但又是卡爾維諾透過這樣的故事設計引發我做為讀者的反應。

卡爾維諾曾說自己極度重視史蒂文生（Robert Louis Balfour Stevenson, 1850-1894）的寫作形式，他認為「對史蒂文生而言，寫作就意味著翻譯一份看不見的文本——所有的歷險情節，奧祕故事，千百作家著作裡意志與激情的衝突，都將精華匯集在這看不見的文本之中。」（《不存在的騎士．作者前言》，紀大偉譯本，一九八八，頁四—五）

《分成兩半的子爵》主角是梅達多．迪．特拉巴子爵（Medardo di Terralba），故事背景是十七世紀的歐洲戰場。梅達多在一場與土耳其人的戰爭中被大砲擊中，導致身體從中間被一分為二，他的右半身與左半身分開存活，右半身殘忍而邪惡，回到家鄉後開始無情地統治村莊；左半身則仁慈而善良，因為治療所以晚回故鄉。就這樣一個寓言般強烈情感與輕快風格的敘事設計，讓人自然而然地被吸引，沉浸故事之中，並且對一些細節展開思考。

這部作品日後有許多專文專著解釋，其中不乏用史蒂文生的《化身博士》和它做對比。這雖然合理，但卡爾維諾並非史蒂文生，透過這樣相似又有差異的敘事設計，卡爾維諾想呈現自己的什麼樣的思考呢？這樣的奇幻形式，又如何體現作家的意志？

分裂的人、複雜的靈魂、月的亮面與暗面，這是針對生命的內向探討。但村莊的人民對子爵原先的認識、回來統治的一半的認識，以及善良那一半的認識，構成了複雜而矛盾的反應，則是一種社會性的探討。詮釋的鑰匙在我們手上，只是那個「門後」的世界，隨著掌握鑰匙者的開啟並不盡相同。

年輕時的我嚮往臺灣寫實主義傳統，卻生在後現代風格作品頻頻獲獎的時代。那時備感寂寞的我，常常猶疑該堅持自己的性格，隨著風向，還是另尋新徑？我在卡爾維諾這樣的「舊徑」裡，卻看到了新的風景，獲得了敘事的勇氣：

這個神奇裝置十分巨大，一次可吊死的人數比這次判刑的人數還多，於是梅達多子爵在每兩個犯人中間加一隻貓，總共吊死了十隻貓。僵直的屍體和腐爛的貓掛在絞刑臺上三天，最初大家都不忍心看，但是我們很快就體會到那樣一個畫面多麼壯觀，於是我們從原本的排斥轉變為截然不同的心情，甚至在決定取下屍體、拆解絞刑臺的時候感到

不捨。（倪安宇譯本）

他最早發現的是蟋蟀生的一種病，蟋蟀有千分之一的機會得到這種幾不可察、也不會病發的疾病，但崔勞尼醫生還是想把所有生病的蟋蟀找出來，研究治療方法。之後他想要研究陸地仍被海洋覆蓋那個時期的遺跡，於是我們撿了好多卵石和燧石，因為他說，這些石頭在遠古時代是魚。他最新的研究主題是鬼火，他想找出辦法捕捉並保存鬼火，為了這個目標，我們好幾個晚上在墓園裡遊蕩，等待雜草叢生的土塚間燃起那飄忽不定的火光，便想辦法把鬼火吸引過來，跟在我們後面，在不讓它熄滅的情況下把它裝入容器裡。我們嘗試過各種不同容器：布袋、細頸大肚酒瓶、沒有茅草包覆的玻璃酒壇、暖手爐和濾勺。崔勞尼醫生在墓園附近的一間小屋住下，那裡原本是掘墓人的家，在那個豪擲千金、狼煙四起和瘟疫流行的時期，最好有專人負責這個工作。他把小屋整理成實驗室，準備了各種形狀的細頸瓶要用來裝鬼火，還有很像捕魚用的網子要捕捉鬼火，蒸餾瓶和坩堝則是用來觀察那些陰森森的黯淡火光如何從墓園土壤和腐屍沼氣中生成。但他沒辦法長時間專注在他的研究上，沒多久就丟下一切，走出小屋，跟我一起去

尋找新的自然奧祕。（倪安宇譯本）

「像這樣把所有完整的都切成兩半，」梅達多趴在礁石上，輕觸那些纏繞扭動的半個章魚。「就可以擺脫完整狀態的遲鈍與無知。當我還是一個完整的人，對我而言一切就跟空氣一樣理所當然、混沌和無趣。我以為我看見全貌，其實只看見表象。你如果變成一半的你，孩子，希望你會有那一天，你就能明白完整但平庸的腦袋以外的種種。你固然失去一半的你和一半的世界，但是留下來的那一半會比完整的你更有深度、更珍貴數千倍。然後你就會希望萬物都按照你的樣子，只有殘缺不全的一半，因為美麗、智慧和正義只存在於殘缺中。」（倪安宇譯本）

這些段落當時以畫面的形式而不是抽象文字的形式烙印在我心上，讓我領略了這樣的寫作方式：世間不會只依循常理，對於那些離奇之事，你如果願意相信（或者在敘事中相信），那就會產生一種「動力」，讓你去完整那個世界。如果你做得夠好，那個在你的敘事裡成立的世界，會回頭來啟發那些想一窺究竟的人。

如今我已經算是活過半個人生了，現在的我發現，許多年輕時心頭的疑惑，到頭來安撫自己的理念，都是那三兩句格言般的領悟。那些格言（或者箴言、或者安慰自己的謊言），往往沒有什麼出奇之處，而且極度相似，但確實是「有效的」。我以為卡爾維諾很早就了解了這一點，因此他刻意避開了格言、避開了詮釋，避開了太過接近現實所見的世界，讓我們回到孩童時認識世界的眼光。它是一種「清洗世故眼光的敘事」，卻又娛樂性十足，讓人閱讀時稱奇並且著迷。這就是我所理解的，卡爾維諾所說的：**娛樂是很嚴肅的一件事**。笑完哭完，我們在文字的舞臺前面，轉過頭、推開門，再面對自己的人生。

寫這篇文章前，我查到原來在一九八二年，臺灣就出版了一本署名卜富美的《半身子爵》的譯本。因為國家圖書館是唯一藏有此書的圖書館，而現在又正在整修，這本書已然裝箱，文章完成之前，已經預約的我尚未能看見這個最早譯本的面貌。那個譯本，不知道曾經影響過誰？又和後繼的幾個譯本有什麼差別呢？

但我衷心感激事隔多年，在我手上的倪安宇老師的全新譯本、直接譯本。這個優美的譯本，讓我有再讀的理由，讓我原本已經被清洗過一次的眼睛，獲得重新再清洗一遍的機會。

前言

《分成兩半的子爵》由都靈的艾伊瑙迪出版社於一九五二年二月發行，屬於義大利作家艾利歐．維多里尼[1]主編的「籌碼」（I Gettoni）系列叢書。三十多年後，一名學生就這本書向卡爾維諾提問，我們將他的回應轉載於此，作為前言（一九八三年五月十一日，在佩薩羅與學生面對面，完整對談內容刊載於《當代人的品味》第三期[2]，〈伊塔羅．卡爾維諾〉專題，一九八七年，第九頁）。

同時節錄義大利作家薩里納利（Carlo Salinari）於一九五二年八月六日在《統一報》發表《分成兩半的子爵》評論後，卡爾維諾寫給他的信函中最切中要旨的一段話。

我開始提筆寫《分成兩半的子爵》，主要是想寫一個有趣的故事自娛，或許還可以娛人。我腦中的意象是一個被分成兩半的人，我心想一個人被分成兩半，成為兩個半人，可以是具有深遠意義的一個主題，自有其當代意涵，因為我們都覺得自己不完整，都覺得只有一部分的自己得到實現，另一部分則否。[3]所以我試圖建構一個言之成理的故事，有對稱性，同時有冒險故事的節奏感，接近芭蕾舞蹈的節奏感。至於區分兩個半人的方法，我覺得讓其中一個當壞人，另一個當好人，可以創造最大的衝突感。這是一個以衝突為基準的敘事結構，因此故事充滿各種出其不意的效果，例如返回家鄉的不是完整的子爵，而是極為殘酷冷血的半個子爵，我認為這個安排可以創造最大的出其不意效果，之後大家發現除了壞子爵外，還有一個善良無邪的子爵，又得到另一個出其不意的效果。而這兩個只有一半的子爵，無論好或壞，都同樣令人難以忍受，既有喜劇效果，同時別具意義。因為那些好人，應該說心地分外善良又執意行善的那些好人，有時候才是最可怕也最令人討厭的人。遇到這種情況，重要的是建構出來的故事本身就能發揮敘事技巧，吸引讀者的注意。此外，我向來很重視意涵，我希望故事的詮釋不會跟我設想的方向相反，所以意涵很重要。但是像這樣一個故事的敘事功能面向，亦即娛樂性，也同等重要。我認為娛樂是一種社會功能，我的看法是如此，我始終認為要想讓讀者投入閱讀，必須得讓他覺得有趣，讓他從中得到滿足，這是我的道德觀。一個人買書，他付了錢，花了時間，理應得到樂趣。不是只有我做此想，舉例來說，像布萊希特這樣十分重視內容的作家也說過，戲劇作品的首要社會功能便是娛樂。我認為娛樂是很嚴肅的一件事。

譯注

1 艾利歐・維多里尼（Elio Vittorini），義大利文學家、出版人，一九四五年創辦雜誌《綜合工藝》（*Il Politecnico*），以政治、文化為主要議題；一九五九年與卡爾維諾共同創辦文學期刊《樣版》（*Il Menabò*）。著有《西西里對話》（*Conversazione in Sicilia*）、《薩丁尼亞童年》（*Sardegna come un'infanzia*）等。

2 一九八〇年，義大利佩薩羅（Pesaro）分屬不同高中的八位老師發起聯合讀書會「當代人的品味」（Il gusto dei contemporanei），提議每學年選出一位當代作家作為讀書會主題，並於每學年結束前邀請該名作家與學生面對面進行問答。之後在佩薩羅市政府文化局籌組下，成為全市高中共同參與的讀書計畫，為時二十餘年，至二〇〇三年劃下句點。受邀的作家包括夏俠、卡爾維諾、艾可、李維、莫拉維亞等。一九八五年起，陸續將其中十次面對面的記錄整理成文字，出版《當代人的品味》專刊。

3 （原注）「我關注的是當代人（具體來說，我關注的是知識分子）被分成兩半、不完整、『異化』的問題。我之所以選擇讓書中主角以好壞做為分界線，是為了凸顯這兩個對立的意象，加上我並未背離被視為經典的文學傳統（如羅伯特・史蒂文生），因此可以毫無顧忌自由發揮。至於我的道德論述（姑且如此稱之），不是透過子爵展現，而是透過其他小人物展現，他們是我觀點的真實化身：痲瘋病患者（頹廢的藝術家）、學者和木匠（無視人性的科學和技術），還有那些討人喜歡，又叫人覺得好笑的法國新教教徒（有點像是自我比喻，帶有家族自傳色彩，或是某種虛構的家族史傳奇），也是中產階級充滿理想色彩的道德主張寫照。」（給薩里納利的一封信，一九五二年八月七日，後收錄在卡爾維諾《其他人的書。一九四七至一九八一年書信集》〔*I libri degli altri. Lettere 1947-1981*〕，主編特西奧〔Giovanni Tesio〕，艾伊瑙迪出版社，一九九一年，頁六十七）。

第一章

那是一場對抗土耳其人的戰爭。我的舅舅，特拉巴的梅達多子爵騎馬穿越波西米亞平原，往基督軍團紮營地前進。跟在他身後的隨從名叫庫爾茲歐。

一群白鸛低掠飛過凝滯昏暗的天空。

「為何有這麼多白鸛？」梅達多子爵問庫爾茲歐。「牠們飛去哪裡？」

我舅舅初來乍到，他是為了討好鄰近幾位投入戰事的公爵才決定入伍。他在最後一座掌握在基督徒手中的城堡挑選好馬匹和隨從後，就出發前往皇家營區報到。

「牠們要飛去戰場。」隨從心情低落。「這一路上都會陪著我們。」

梅達多子爵先前聽說在某些國家鸛鳥飛過象徵好運，他想表現出開心的樣子，卻不知為何，覺得心中惶惶不安。

「庫爾茲歐，戰場上有什麼吸引這些鳥兒的東西嗎？」他問隨從。

「牠們現在也吃人肉。」隨從回答道。「從農村鬧饑荒，旱災讓河流乾涸開始，凡是有屍體的地方，烏鴉和兀鷲都被鸛鳥、紅鶴及灰鶴取代了。」

我舅舅當時正值年少氣盛，在那個年紀難免糊塗莽撞，無從分辨善意與惡意；在那個年紀的每一個新體驗，即便血腥殘忍，卻也一如面對人生那般充滿熱血與期待。

「那麼烏鴉呢？兀鷲呢？」他繼續追問。「還有其他猛禽呢？牠們都到哪裡去了？」他雖然臉色蒼白，但眼睛炯炯有神。

他的隨從皮膚黝黑，留著小鬍子，一路上始終低著頭。「牠們爭相啄食感染瘟疫的屍體，於是也得了瘟疫。」說完他用長矛指向幾處黑色矮樹叢，若是仔細看，就會發現那些不是枝椏，而是猛禽的羽毛和僵直腳爪。

「不知道先死的是鳥或人，也不知道先撲向對方撕咬的是誰。」庫爾茲歐說。

大量人口死於瘟疫，許多家庭逃往鄉下避難，豈料死神在那裡等著他們。一具具散落在荒蕪平原上的蜷縮死屍，有男有女，赤身裸體，長滿膿皰面目全非，乍看之下叫人不明所以的，是屍體上還有羽毛，彷彿從骨瘦如柴的手臂和肋骨上長出了黑色的羽毛和翅膀。原來是腐化的兀鷲與人體殘骸糾結混雜。

地面處處是戰役結束留下的痕跡。他們的行進速度慢了下來，因為兩匹馬受到驚嚇，或躊躇不前或舉起前蹄直立。

「我們的馬怎麼回事？」梅達多子爵問隨從。

「大人，」隨從回答道。「馬匹最不喜自己腸子的氣味。」

他們行經的平原上馬匹屍骸四散，有的仰臥，馬蹄朝天，有的趴臥，一頭栽進土裡。

「庫爾茲歐，為何如此多馬匹是此種死狀？」梅達多子爵問他。

「當馬發現自己肚皮被劃開，」庫爾茲歐解釋道。「會拼命保護自己的內臟，有的會讓腹部著地壓住，有的則會翻過來背部著地以免腸子掉出來。但死神遲早還是會將牠們接走。」

「所以在這場戰爭中送命的都是馬匹嗎？」

「土耳其人的彎刀似乎專為一擊便能劃開馬肚子所打造。再往前您就會看到士兵屍體了。先解決戰馬，之後便輪到騎兵。您看，營地在那裡。」

地平線盡頭可見數個高聳營帳的尖頂，以及皇家軍團的旗幟和炊煙。

兩人驅馬前進，發現上一場戰役的殉難士兵幾乎都被移走安葬，只留下一些殘肢，大多是手指，還散落在麥稈上。

「有些手指指著我們要去的方向，」我舅舅梅達多子爵說。「為何如此？」

「活著的人為了拿走戒指會切斷死者的手指，願主寬恕他們。」

「來者何人？」說話的哨兵斗篷上覆滿真菌和苔蘚，彷彿暴露在北風中的樹皮。

「吾皇萬歲！」庫爾茲歐揚聲大喊。

「蘇丹必亡！」哨兵回應。「麻煩兩位到達軍營後問他們何時派人跟我換班，我快要在這裡生根了！」

他們此刻策馬奔馳以躲避在營地外圍揮之不去、繞著一堆堆排泄物嗡嗡作響的成群蒼蠅。

「多少英勇士兵積沙成塔，」庫爾茲歐說。「昨日排出的穢物尚在人間，而今日他們已經去了天堂。」他說完在胸前劃了一個十字。

營地入口處有排成一列的華蓋，華蓋下的濃密捲髮女子身著織錦長衫，酥胸外露，呼喊哄笑迎接他們到來。

「那是軍妓亭，」庫爾茲歐說。「其他軍團的妓女都不如這裡的美。」

我舅舅騎在馬上轉過身去看她們。

「大人，請千萬小心。」這位隨從接著往下說。「她們不但骯髒又身染瘟疫，就連土耳其人都不會把她們搶回去當戰利品。她們身上不只有陰蝨、臭蟲和蜱蟲，還有蠍子和蜥蜴在她們身上做窩。」

他們經過砲兵連。天黑後，砲兵在經過整天猛烈射擊燒得通紅的青銅臼砲和加農砲上用水烹煮蘿蔔。

一車車滿滿的泥土運來，砲兵們便開始用篩子過濾。

「火藥存量不足，」庫爾茲歐解釋道。「但是被砲火轟炸過的土壤裡摻雜不少火藥，這樣多少可以回收一些。」

之後他們經過騎兵連的馬廄，在漫天飛舞的蒼蠅中，獸醫忙著用縫線、皮帶和塗了熱騰騰焦油的藥膏貼布處理馬匹受傷的外皮，一時之間人和馬都在嘶叫跺腳。

接下來偌大一片營區都屬於步兵連。正值日落時分，每一頂營帳前都有士兵坐在那裡打赤腳泡熱水。習慣了不分晝夜突如其來的警報，即便在泡腳的時候，他們依然戴著頭盔，手中緊握長矛。那些用幃幔裝飾的高聳營帳裡，軍官用香粉輕拍腋下，輕搖蕾絲扇搧風。

「軍官這麼做不是因為嬌弱，」庫爾茲歐說。「他們是想展現自己即便在刻苦的軍旅生活中照樣怡然自得。」

梅達多子爵立刻被帶到皇帝面前。君王的營帳內有各式各樣的掛毯和戰利品，皇帝正看著地圖推演未來的作戰計畫。不同桌子上都擺著展開的地圖，皇帝從一位元帥捧在手裡的插針布包拿起一根大頭針插在地圖上，但那些地圖已經被密密麻麻插滿了大頭針看不出所以然，若想檢視某個地方還得先把針拔起來再插回去。一會兒拔一會兒插，皇帝和元帥為了空出手來便把針啣在唇間，交談時只能嘟囔著說話。

見到年輕子爵彎腰行禮，皇帝發出疑惑的聲音後連忙將大頭針吐出來。

「這位騎士來自義大利，」有人向皇帝介紹。「梅達多．迪．特拉巴子爵，是熱內亞最顯赫的貴族家庭成員。」

「我即刻授予你中尉軍銜。」

我舅舅腳跟併攏擺出立正姿勢，皇帝比了一個優雅手勢，地圖卷軸紛紛自動收起滾下桌面。

那天夜裡，梅達多子爵雖然疲憊不堪但是難以入眠，他在營帳外來回踱步，聽哨兵喝問口令、戰馬嘶啼和士兵斷斷續續的夢囈。他抬頭凝望波西米亞平原夜空中的星辰，想著自己新領的軍銜、明日的戰役、遙遠的故鄉，以及故鄉溪邊蘆葦的窸窣聲響。他心中既無鄉愁，也無疑惑或掛念。對他而言，那時候一切事物依然完整無缺、無須爭辯，正如同他一樣。假如他能預見等待自己的駭人命運，說不定還會覺得那命運儘管充滿苦痛，卻是自然且必然。他望向夜色中地平線的盡頭，知道敵人軍營就在那裡，他雙臂交叉用力抱住自己的肩膀，因為確知面對的是陌生且迥異的現實，而自己身在其中竟感到雀躍不已。他察覺到因這場殘酷戰爭流成河的鮮血在大地蔓延，來到他跟前，任憑那血舔拭他，不怒亦不悲。

第二章

翌日早晨十點準時開戰。高坐在馬背上的梅達多中尉注視著蓄勢待發的基督軍團列隊陣仗，他揚起臉龐迎向波西米亞的風，風中有糠秕的味道，彷彿身在塵土飛揚的打穀場。

「大人，千萬不要回頭！」一旁的庫爾茲歐驚呼出聲，他現在的軍銜是中士。隨後低聲解釋剛才為何出言無狀：「據說出戰前回頭，會帶來厄運。」

其實他是不希望子爵看見基督軍團不過就那麼一列隊伍，後備支援只有幾支瘸了腿的步兵小隊而感到氣餒。

然而我的舅舅看著遠方，看著從地平線那頭逐漸逼近的沙塵，心想：「來了，沙塵就是土耳其人，真正的土耳其人，在我身旁這些往地上吐菸草的是基督教老兵，現在吹響的號角聲意味發動攻擊，這是我人生中第一次出戰，這震耳欲聾、撼動大地，但老兵和馬匹都無動於衷看著直墜地面的火流星，是我遭遇來自敵軍的第一顆砲彈。希望我說

『這是最後一顆砲彈』的那一天永遠不會到來。」

長劍出鞘，他在平原上馳騁，眼睛緊盯在煙霧中消失後又出現的皇家旗幟，我方砲彈越過他的頭頂在空中呼嘯，而敵人砲彈已經在基督軍團前線打開數個缺口，轟出一圈圈土坑。他心想：「我就要看到土耳其人了！我就要看到土耳其人了！」男人最大樂趣莫過於樹敵，以及親眼驗證敵人是否如自己所想像。

他看到他們了，他看到土耳其人了。那裡衝出來兩個，騎在鋪著厚重毛毯的馬背上，手持小型皮革圓盾，身穿黑色和藏紅花色相間的條紋長衫，他們戴著頭巾，臉部膚色是赭色，留八字鬍，跟特拉巴當地一個綽號叫「土耳其人米克」的傢伙一樣。兩個土耳其人其中一個被殺，另一個則殺了人。後面衝上來的土耳其人不計其數，展開一場肉搏戰。看過前面兩個土耳其人形同看盡了所有土耳其人。其他土耳其人也都是士兵，那些裝扮都是軍隊配備。每個人的臉都跟農民一樣，膚色黝黑一臉凶狠。想看土耳其人的梅達多子爵既然得償所願，本可以趕在鶴鶉遷徙季節前返回特拉巴與我們團聚，然而他已經入伍參戰。於是他一邊疾馳一邊閃避彎刀攻擊，直到他發現一個矮小的土耳其步兵，便將對方殺了。得手之後，他轉而鎖定一名身材高大的騎兵，將對方重傷。其實矮小的步兵更危險，他們會衝到馬腹下方，用彎刀開膛破肚。

梅達多的坐騎前後腿劈開立住不動。「你怎麼了？」子爵說。庫爾茲歐從後方趕來，指著馬腹下面說：「您看！」原來那匹馬所有內臟全都垂到地上。可憐的馬兒抬頭看看主人，再低下頭去彷彿想啃咬自己的腸子，展現一下英雄氣概，隨後便昏倒在地斷了氣。梅達多只得邁步向前走。

「中尉，騎我的馬吧。」庫爾茲歐話才說完，還沒來得及阻止他，就身中一箭從馬背摔落，馬兒跑了。

「庫爾茲歐！」子爵大喊一聲衝向倒在地上呻吟的隨從。

「別管我，大人。」隨從說。「只希望醫院還有葡萄蒸餾酒，通常每名傷患都可以喝上一杯。」

梅達多舅舅加入混戰。戰況不明。在混亂中，他覺得應該是基督軍團取得了勝利。可以確定的是，基督軍團突破了土耳其軍隊的陣線，包圍了敵軍幾個據點。我舅舅和其他幾位勇士挺進到敵營砲兵連前方，逼得砲兵不得不後退，才能讓基督軍團維持在射程範圍內。兩名土耳其砲兵努力讓一門加農砲轉向，他們動作緩慢，一臉大鬍子，一襲厚重長袍，宛如兩名占星術士。我舅舅說：「我去擺平他們。」他滿腔熱血但經驗不足，不知道只能從側面或後面靠近大砲，他從砲口正前方衝過去，拔劍出鞘，以為可以震懾那兩名占星術士，結果被砲彈直接擊中胸口，整個人被轟到半空中。

那天晚上休戰後，兩輛馬車到戰場上搜尋傷亡的基督軍團士兵，一輛載送傷者，一輛載運死者。他們在戰場上做第一輪取捨。「這個歸我，那個歸你。」如果遇到還能救的，就搬上傷者那輛車，遇到殘缺不全的則搬上死者那輛車，以便安葬祈福。至於斷肢殘臂則留下來當作鸛鳥的食物。那幾天傷亡慘重，所以決定儘量多收傷兵。於是乎梅達多被判定為傷者，被搬上屬於傷者的那輛車。

在醫院進行第二輪取捨。戰事結束後野戰醫院內的情況比戰場上所見更慘烈。地上長長一排擔架上躺著全是倒楣鬼，醫生們彼此搶奪對方手中的鑷子、鋸子、縫針、斷肢和線團，檢視一具又一具屍體，竭盡全力讓他們活過來。鋸鋸這裡，縫縫那裡，把破洞補起來，像脫手套那樣把血管內外翻過來後再放回原位，經縫合止血後的血管內縫線比血還多。如果有病患死了，他身上能用的所有東西都會被拿去用在另一個病患身上，以此類推。最棘手的是腸子，一旦散開就不知道如何復位。

掀開床單，梅達多子爵的身體嚴重殘缺不全。他少了一條胳臂和一條腿，不僅如此，原本在那條胳臂和那條腿之間的胸部和腹部，在他正面被砲彈擊中後也都不見了。他的頭只剩下一顆眼睛、一個耳朵、一邊臉頰、半個鼻子、半個嘴巴、半個下巴和半個額頭。另外半邊頭顱什麼都不剩。簡而言之，他獲救的只有一半，右邊那一半，而且完好無缺，連擦傷都沒有，唯獨左半邊消失後留下一道巨大傷口。

醫生們很滿意：「啊，難得一見的病例！」只要他能活下來，他們就會盡力救治他。醫生們都圍著梅達多子爵，以至於那些手臂中箭的可憐士兵紛紛死於敗血症。縫合、敷藥、包紮，不知道還用了其他什麼醫療方法，總之，第二天我舅舅張開他僅有的一個眼睛、半個嘴巴，鼻翼煽動開始呼吸。特拉巴人的頑強體質戰勝一切。只有一半的他活了下來。

第三章

我舅舅返回特拉巴的時候，我年約七、八歲。他抵達時天色已晚，十月的天空烏雲密布。那天我們在葡萄園幹活，從葡萄藤間看到灰撲撲的海面上有一艘帆船朝我們這個方向駛來，船上掛著皇家旗幟。每當我們看到船隻經過，總會說：「梅達多大人回來了。」倒不是我們多期待他早日回來，只是想要有個盼望。那一次我們猜對了，當天晚上，一個名叫費歐菲里歐的年輕人站在釀酒桶上頭踩踏葡萄的時候，高聲大喊道：「喂，你們看那裡！」天色昏暗，我們看到山谷底端有一排火把照亮了崎嶇山路，等這列隊伍過了橋，我們才看清有人抬著一個擔架。可想而知，是子爵從戰場上回來了。

消息立刻傳遍整個山谷，城堡周圍擠滿了人，家人、僕從、葡萄果農、牧羊人、還有年邁的艾伊歐佛子爵，他是我外公，已經好久沒有走出城堡。外公厭倦俗事，在梅達多這個獨生子出發上戰場前，將貴族頭銜傳給他。現在外公的興趣是養鳥，他在城堡裡有一個大鳥籠，除了養鳥，其他事務一律不管。他甚至把床搬進鳥籠裡，把自己關在裡面，晝夜都不離開。老艾伊歐佛子爵的三餐和鳥食一起透過柵欄送進鳥籠，他跟他的鳥兒共享一切，撫摸逗弄雉雞和斑鳩打發時間，等待兒子從戰場歸來。

我從沒在城堡周圍見過那麼多人，我只聽左鄰右舍聊過早年的節慶和戰事。那是我第一次注意到城堡的牆垣和高塔已經傾圮，廣場泥濘不堪，變成我們餵山羊吃草、放置豬食槽的地方。我們所有人一邊等待梅達多子爵，一邊討論他回來的時候會變成什麼樣子。因為大家早已聽說他被土耳其人重傷，但是沒有人知道他是傷殘，還是體虛，或只是皮肉傷。如今看到擔架，我們都做了最壞打算。

現在擔架被放在地上，只見那團黑影的眼珠子閃閃發亮。梅達多子爵的老奶媽瑟芭斯提安娜作勢要靠近，那團黑影舉起一隻手，做出嚴正拒絕的手勢。隨後擔架上那具身體開始抽搐奮力扭動，梅達多．迪．特拉巴子爵就這樣撐著一支枴杖在我們眼前站了起來。他身穿黑色兜帽斗篷從頭遮到腳，右半邊掀開搭在肩後，露出半張臉和拄著拐杖的身體，左半邊則完全被層層疊疊的斗篷包覆。

他看著我們，圍繞在他身邊的我們也看著他，沒有人開口說話。或許他那隻動也不動的眼睛並沒有看向我們，他只想讓我們離開。

一陣風從海上吹來，無花果樹梢有枝椏斷裂發出嗚咽聲。我舅舅的斗篷在風中翻飛，像鼓起的風帆，那風彷彿穿透了他的身體，或者應該說他的身體根本不存在，斗篷下空無一物，猶如鬼魂。但是仔細看，那斗篷好似掛在旗桿上，旗桿就是靠拐杖撐起來的他的肩膀、手臂和腿，除此之外斗篷下什麼都沒有。

山羊用無表情的呆滯眼神看著子爵，牠們各自佔據不同方位但全都僵立原處不動，背脊呈現一個奇怪的直角線條。豬比較神經質又反應迅速，牠們嚄嚄尖叫挺著肚腩四散逃竄撞成一團。我們再也無法掩飾內心驚嚇。「我的孩子啊！」奶媽瑟芭斯提安娜哭喊著舉起雙臂。「我可憐的孩子！」

看到我們那樣的反應，我舅舅怏怏不樂，用拐杖點地以圓規的行進方式往城堡大門走去。然而抬擔架來的那些苦力盤腿坐在大門前的階梯上，他們打著赤膊，戴著金耳環，頭髮都剃光了，只留下上面一叢雞冠或後方一束馬尾。這些人站起來後，其中一個綁辮子的應該是他們的老大，開口說：「大人，我們還在等您付錢。」

「多少錢？」梅達多發問的時候似乎帶著笑意。

辮子頭說：「您很清楚用擔架抬人的酬勞……」

我舅舅解下腰帶上叮噹作響的錢包，丟在辮子頭的腳邊。那人撿起來掂掂重量，立刻大聲抗議：「這比我們說好的少太多了吧，大人！」

風掀起梅達多斗篷的衣角，他說：「少了一半。」之後繞過辮子頭，用他僅存的那隻腳跳著走完階梯，走進通往城堡內的大門，拿拐杖大力一推，將兩片厚重門扇轟一聲關上，再把依然敞開的小門也甩上，消失在我們的視線外。

只聽他在走廊上行進時腳步聲和拐杖聲交錯，直到他返回私人寢居所在的城堡側翼，再次傳出甩門和鎖門的聲音。

老子爵待在鳥籠裡等他，但梅達多並沒有去向他父親問好，他自己一個人關在房間裡，不想見人，也不回應敲了半天門努力安撫他的奶媽瑟芭斯提安娜。

年邁的瑟芭斯提安娜身型魁梧，身穿黑衣，戴著黑色面紗，紅潤臉頰沒有半條皺紋，唯獨眼周的皺紋多到幾乎看不到眼睛。她是特拉巴家族所有年輕一輩的奶媽，她跟所有老一輩的上床，所有嚥氣的都由她負責闔上眼睛。她現在穿梭往返於父子二人各自閉關自囚的地方，不知道該如何幫助他們。

第二天梅達多依然沒有露面，我們只好繼續採收葡萄。氣氛凝重，葡萄園裡每個人談的無非是這位子爵的命運。不是因為我們關心他，而是因為這個話題太有吸引力也太離奇。只有奶媽瑟芭斯提安娜留在城堡裡，窺探他的一舉一動。

艾伊歐佛老子爵似乎有預感自己兒子回家後會變得陰鬱孤僻，所以他很早就開始訓練一隻他心愛的鳥兒，一隻伯勞鳥，讓牠飛到當時空無一人、梅達多住的古堡側翼，從通風小窗進入房間。那天早晨老子爵打開伯勞鳥的籠子，跟著牠去到兒子的房間窗外，然後回來模仿喜鵲和山雀的啾鳴聲，撒鳥食給牠們吃。

不久後艾伊歐佛老子爵聽到有東西撞擊窗框撲通一聲，他探頭出去，看見他的伯勞鳥躺在簷口斷了氣。老子爵把牠撿起來捧在手心裡，發現伯勞鳥一邊翅膀被撕裂，似乎有人想把翅膀扭下來，一隻爪子應該是被兩根手指夾住折斷，還有一隻眼睛被挖了出來。老子爵把伯勞鳥抱在胸口，哭了起來。

那天老子爵就寢時，鳥籠外的僕從發現他身體不適，但是沒有人能照顧他，因為他把自己鎖在鳥籠裡，鑰匙藏了起來。所有鳥兒都圍著他飛。在他躺下的那個瞬間，所有鳥兒騰空飛起，不願棲息，拍打翅膀不肯停歇。

第二天早晨，奶媽來到鳥籠前，發現艾伊歐佛老子爵死了。所有鳥兒都停靠在他的床上，彷彿那是在大海中漂流的浮木。

第四章

梅達多在他父親過世後，開始踏出城堡。對此率先有所察覺的依然是奶媽瑟芭斯提安娜。一天早晨，她發現子爵寢居的房門大開，屋內無人。眾多僕從被派去田野間尋找子爵的蹤跡，他們東奔西跑，經過一株梨樹下，前一晚他們還看到樹上結滿晚熟生澀的果實。「你們看樹上。」其中一個僕從說。他們在已經破曉的天光下看著那些掛在半空中的梨子，全都嚇了一跳，因為每顆梨子都被垂直切掉一半，但所有不完整的梨子依然掛在樹上。這些梨子只剩下右半（如果換個角度看，也可以是左半，總之留下的都是同一邊），另一半消失不見，也許是被切掉，或是被吃掉。

「子爵來過這裡！」僕從們這麼說。可想而知，子爵那麼多天不吃不喝，前一晚肚子餓了，所以遇到第一株果樹就爬上去大快朵頤。

再往前走，僕從在一個石頭上看到半隻青蛙在跳躍，因為青蛙先天條件獨特，所以還活著。「我們走這個方向沒錯！」繼續往下走的他們錯過了一個線索，沒注意到落葉中有半顆甜瓜，直到折返後才發現。

就這樣，他們從田裡找到樹林裡，看到半顆可食用的牛肝菌菇，還有半顆紅色有毒的牛肝菌菇。僕從往樹林裡走，時不時看到地上只剩半個蕈柄、只能張開半把傘面的蕈菇。切剖手法乾淨俐落，而另一半蕈菇無影無蹤，連一顆孢子都沒留下。被切成半顆的蕈菇種類繁多，有馬勃、傘蕈等，有毒的跟可食用的數量大致相當。

僕從跟著子爵毫無章法的路線走，來到一個名叫「修女坡」的草地上，草地中央有一個池塘。晨光中只見梅達多單薄的身影站在池畔，披著黑色斗篷，池面有他的倒影，池中則漂浮著白色、黃色或土色的蕈菇。被梅達多子爵帶走的那些半顆蕈菇，此刻散落在透明的水面上，看起來完整無缺，他盯著它們看，僕從們都躲在池塘另一邊不敢吭聲，也盯著池塘裡的蕈菇看，然後發現泡在水裡的都是可食用蕈類。那麼有毒的呢？如果沒有被丟進池塘裡，子爵拿去做什麼了？僕從們連忙跑回樹林裡，沒走多遠就在林中小徑上遇見手中拿著提籃的一個小男孩，籃子裡全都是有毒的半顆蕈菇。

那個小男孩就是我。前一天晚上我獨自在修女坡附近玩耍，遇到我舅舅從林間突然冒出來嚇我一大跳，他在月色中用單腳在草皮上一跳一跳前進，手臂上掛著一個提籃。

「舅舅好！」我大聲對他說。那是我第一次這般稱呼他。

他似乎很高興看到我。「我來採菇。」他對我說。

「你採到了嗎？」

「你看，」我們坐在池塘邊，他選了一些蕈菇丟進水裡，其他的留在籃子裡。

「給你。」他把篩選過的那籃蕈菇給我。「你可以煎來吃。」

我很想問他為什麼籃子裡的蕈菇都只有半顆，但我知道這個問題不大有禮貌，於是在向他道謝後，我就跑走了。我本來準備回去煎蕈菇，半路上遇到了城堡僕從，才知道那些蕈菇全都是有毒的。

奶媽瑟芭斯提安娜聽完僕從描述始末後說：「回來的梅達多是壞的那半個。今天的審判恐怕不妙。」

前一天城堡禁衛隊逮捕了一幫土匪，那天要進行審判。土匪都是我們這片領地的人，所以理應由子爵審判。審判開始，梅達多歪坐在主席位上，啃咬手指甲。上了手銬腳鍊的犯人帶到，為首的土匪名叫費歐菲里歐，正是踩踏葡萄時第一個看見擔架的那名年輕人。受害者也來了，他們是托斯卡納騎士團，前往普羅旺斯途中經過我們的樹林，被費歐菲里歐和他帶領的匪徒襲擊搶劫。費歐菲里歐辯解道那些騎士在我們的領地上偷偷狩獵，他以為他們是盜獵者，而且城堡禁衛隊沒有作為，才會上前阻止並卸除他們的武裝。老實說那些年土匪出沒搶劫是常有的事，所以法律很寬鬆，加上子爵領地所在位置特別適合打劫，所以我們家族也有人曾經加入盜匪行列，特別是在動亂時期。至於盜獵，根本是微不足道的犯罪行為。

沒想到奶媽瑟芭斯提安娜的擔憂成真。梅達多判處費歐菲里歐和他的同夥絞刑，因為他們犯下搶劫罪。被搶劫的騎士團犯了盜獵罪，同樣要被送上絞刑臺。至於介入太慢的城堡禁衛隊，既未及時阻止盜獵行為也未能阻止土匪動手，梅達多下令將他們一併處以絞刑。

要處死的一共二十多人，這個冷血判決讓我們所有人都覺得驚恐又傷心，不是為了我們未曾謀面的托斯卡納仕紳們，而是為了與我們向來相處融洽的那幫匪徒和禁衛隊員。馬鞍師傅兼木匠皮石汀奉命製作絞刑臺，他做事認真且別出心裁，每個作品都投注全副心力。這一次受刑人之中有兩個是他的親戚，他強忍傷痛，打造出可以架設多條繩索、宛如一棵大樹的絞刑臺，而且只需操控單一絞盤就可以一次拉起所有繩索。這個神奇裝置十分巨大，一次可吊死的人數比這次判刑的人數還多，於是梅達多子爵在每兩個犯人中間加一隻貓，總共吊死了十隻貓。僵直的屍體和腐爛的貓掛在絞刑臺上三天，最初大家都不忍心看，但是我們很快就體會到那樣一個畫面多麼壯觀，於是我們從原本的排斥轉變為截然不同的心情，甚至在決定取下屍體、拆解絞刑臺的時候感到不捨。

第五章

跟崔勞尼醫生一起在樹林裡尋找海洋生物硬殼形成的化石，是我人生中的快樂時光。崔勞尼醫生是英國人，船難發生後他趴在波爾多酒桶上漂到我們這裡的岸邊。他一直是隨船醫生，這輩子歷經多次危險的長途旅行，還跟過世界聞名的庫克船長考察船隊出航，但他並未因此增廣見聞，因為他自始至終都待在甲板下玩牌。遭遇船難後他來到我們這裡，立刻迷上了一款名叫「康卡洛內」的酒，那是我們這一帶最苦澀混濁的酒，他不能沒有它，總是在脖子上掛著一個裝滿康卡洛內的水壺。他留在特拉巴，成了我們大家的醫生，不過他關心的不是病人，而是他的那些科學發現，讓我跟著他不分日夜走遍田野和樹林四處尋覓而得的發現。他最早發現的是蟋蟀生的一種病，蟋蟀有千分之一的機會得到這種幾不可察、也不會病發的疾病，但崔勞尼醫生還是想把所有生病的蟋蟀找出來，研究治療方法。之後他想要研究陸地仍被海洋覆蓋那個時期的遺跡，於是我們撿了好多卵石和燧石，因為他說，這些石頭在遠古時代是魚。他最新的研究主題是鬼火，他想找出辦法捕捉並保存鬼火，為了這個目標，我們好幾個晚上在墓園裡遊蕩，等待雜草叢生的土塚間燃起那飄忽不定的火光，便想辦法把鬼火吸引過來，跟在我們後面，在不讓它熄滅的情況下把它裝入容器裡。我們嘗試過各種不同容器：布袋、細頸大肚酒瓶、沒有茅草包覆的玻璃酒罈、暖手爐和濾勺。崔勞尼醫生在墓園附近的一間小屋住下，那裡原本是掘墓人的家，在那個豪擲千金、狼煙四起和瘟疫流行的時期，最好有專人負責這個工作。他把小屋整理成實驗室，準備了各種形狀的細頸瓶要用來裝鬼火，還有很像捕魚用的網子要捕捉鬼火，蒸餾瓶和坩堝則是用來觀察那些陰森森的黯淡火光如何從墓園土壤和腐屍沼氣中生成。但他沒辦法長時間專注在他的研究上，沒多久就丟下一切，走出小屋，跟我一起去尋找新的自然奧祕。

我跟空氣一樣自由，因為我沒有父母，既不是僕從也不是主人。我很晚才被承認是特拉巴家族的一分子，但我沒有冠上家族姓氏，而且無人管教。我可憐的母親是艾伊歐佛老子爵的女兒，是梅達多的姊姊，她跟一名盜獵者（我父親）私奔，讓家族蒙羞。我出生於盜獵者在樹林深處荒地上搭建的棚屋裡，不久後我父親在一場爭吵中被殺，我母親被孤伶伶留在那個破爛棚屋裡，最後死於癩皮病。所以我才被接回城堡，因為我外公艾伊歐佛不忍心，交給奶媽瑟芭斯提安娜照顧我長大。我記得梅達多少年時期，我還很小，有時候他會把我當成自家人，讓我參與他的遊戲。後來我們漸行漸遠，他視我如僕從。所以崔勞尼醫生讓我覺得第一次擁有同伴。

醫生已經六十歲，可是個子跟我一樣高，他頭戴三角帽和假髮，滿臉皺紋彷彿乾掉的栗子。保護腳踝的鞋罩上方開口直抵他的大腿一半，讓他的腿因此看起來長了許多，加上他走路步伐特別大，感覺像蟋蟀腿一樣不成比例。他身穿一件有紅色滾邊的斑鳩灰燕尾服，脖子上掛著一個裝著「康卡洛內」酒的水壺。

他對鬼火十分執著，以至於我們曾在夜半時分行軍走到鄰近村鎮的墓園，有時候在那裡看到的鬼火比在我們那個廢棄墓園看到的顏色更美也更大。但是如果有村民發現我們就會很麻煩，有一次我們被當成盜墓賊，一群拿著柴刀和草耙的男人追我們追了好幾公里。

那次我們去的地方地勢陡峭，溪流湍急，我和崔勞尼醫生在峭壁上拔腿狂奔，只聽怒氣沖沖的村民緊跟在後逐漸逼近。在一處名叫鬼面崖的地方有用樹幹搭成的簡易木橋橫跨深谷，我和醫生並沒有過橋，及時躲進谷口邊緣一片石板後面，隨後趕到的村民沒看到我們，高聲嚷嚷說：「那些混帳跑去哪裡了？」然後一股腦衝上木橋。結果一聲巨響，他們驚呼尖叫墜落深谷，栽進下方湍急的河流中。

我和崔勞尼醫生大吃一驚，雖然為自己逃過一劫感到慶幸，但那些村民的悲慘下場讓我們感到膽戰心驚。我們只敢稍微伸頭往下看一眼村民消失的黑色深淵，然後抬頭看向木橋，樹幹還在，只是中途斷裂，應該是被人鋸斷的，否則我們無法解釋那麼粗的樹幹怎會有如此乾淨的斷口。

「應該是我想的那個人做的。」崔勞尼醫生這麼說，我也已經想明白了。

果不其然，一陣急促的馬蹄聲傳來，在崖口出現了一匹馬和裹在黑色斗篷裡的半個身影。來者是梅達多子爵，冷笑的他看著他設下陷阱製造的悲劇，或許出乎他意料之外，他原本打算除掉的應該是我們兩個，結果反而救了我們一命。我和醫生渾身發抖，看著他騎著那匹瘦馬，如山羊般在峭壁上跳躍離去。

那段時間我舅舅總是騎著馬四處遊蕩，他讓皮石汀師傅為他打造一個特殊馬鞍，一邊馬鐙有皮帶可以固定他的腳，另一邊則綁上配重以維持平衡。馬鞍一側掛著長劍和枴杖。他頭戴有羽毛裝飾的寬邊帽，在迎風翻飛的斗篷遮擋下若隱若現。聽到他的馬蹄聲，大家跑得比看到痲瘋病人卡拉特歐出現還快，而且會把小孩跟牲畜都一併帶走，擔心農作物遭殃，因為子爵無惡不作誰都不放過，隨時有可能做出無人能夠預料和理解的行為。

梅達多子爵之前沒生過病，所以不需要崔勞尼醫生照看，但是像現在這個情形，我不知道醫生要怎麼應付。他對我舅舅避之唯恐不及，對於跟子爵有關的種種皆充耳不聞。只要對崔勞尼醫生說起子爵，以及子爵如何殘暴，他就搖頭抿嘴低聲道：「噢，噢，噢！⋯⋯嘖，嘖，嘖！」那是他聽到壞消息的一貫反應。然後為了轉移話題，他會開始滔滔不絕敘述庫克船長的探險之旅。有一次我問他，為什麼我舅舅剩下半個人還能活，這個英國人依舊回答我「噢，噢，噢！⋯⋯嘖，嘖，嘖！」看來即便從醫學角度切入，崔勞尼醫生也對我舅舅這個案例完全不感興趣。於是我忍不住想，他會不會是因為家庭壓力或基於現實考量才當醫生，其實他對醫學這門學科毫不在意。也許他能當上隨船醫生是因為他玩牌技藝高超，所以那些知名的航海家，特別是庫克船長，都爭相要在牌局裡跟他搭檔。

一天夜裡，崔勞尼醫生在我們的廢棄墓園裡用漁網撈鬼火的時候，發現梅達多子爵出現在眼前，他帶馬來墓園吃草。醫生慌張又害怕，沒想到子爵走向他，用半張嘴巴所能說出的含糊發音問他：「醫生，你來抓夜蛾嗎？」

「哦，大人，」醫生小聲回答。「哦，不是夜蛾，大人……我來找鬼火，您知道鬼火嗎……？」

「鬼火啊，我也很好奇鬼火是怎麼來的。」

「大人，老實說，我研究鬼火有一陣子了……」子爵語氣溫和，崔勞尼醫生多了一點勇氣。

梅達多的半張臉十分削瘦，皮包骨彷彿骷顱，他擠出一個微笑：「研究工作應該獲得全面支援，」子爵說。「可惜這個墓園已經廢棄，不是研究鬼火的好地點，我向你保證，明天我會盡我所能提供你協助。」

第二天又輪到執法日，這一次子爵處死了十多個農民，理由是，根據他的計算，這些人繳納給城堡的農作物收成與應繳納的數字不符。死者全部葬在公墓，於是每天晚上墓園都有大量鬼火出現。子爵為崔勞尼醫生的研究提供了很實際的幫助，但是把醫生嚇壞了。

因為這些人為悲劇，皮石汀師傅打造絞刑臺的手藝增進不少。絞刑臺是木工與機械結合的完美之作，除了絞刑臺，他還製作各種刑架、絞盤，以及梅達多子爵用來逼供犯人的刑具。我常常待在皮石汀師傅的工坊裡，看他工作時得心應手、興致勃勃的樣子是一大享受。但是他心中始終有疙瘩，畢竟他做出來的這些東西會讓無辜百姓送命。皮石汀心想，「我該怎麼做，才能讓子爵命令我打造同樣厲害、但用途不同的東西呢？有沒有什麼新玩意是我可以做得心安理得的呢？」他還沒理出頭緒，就努力把這些疑惑都拋開，繼續投入全副精力，製作更棒、更精良的裝置。

「你得忘記這些東西的用途，」他還這麼對我說。「單純欣賞它們的結構就好。你說它們是不是很美？」

我看著那些交錯的橫梁，那些可以升降的繩索，那些絞盤之間的接合與滑輪，我努力不去想吊在上面受盡折磨的那些軀體，但我越努力就越忍不住去想。我問皮石汀：

「要怎麼做才能忘記？」

「我不知道，孩子，」他回答我。「我怎麼知道呢？」

那段時間雖然糾結又害怕，也還是有開心的時候。最美的時刻是太陽高高升起，海面灑滿金光，下完蛋的母雞咯咯鳴唱，在巷弄間聽見那個痲瘋病人吹響號角。痲瘋病人名叫卡拉特歐，每天早晨都會來為他不幸的同伴乞討，他脖子上掛著一個狩獵用的號角，可以遠遠地通知大家他來了。婦女聽到號角聲就會在矮牆轉角放幾顆雞蛋，或幾條櫛瓜，或幾顆番茄，有時候會放一隻剝了皮的小兔子，然後帶著小孩躲起來，因為卡拉特歐經過的時候路上不能有人。即便隔著一段距離，痲瘋病也會傳染，甚至只要看到他就有風險。吹完號角後，卡拉特歐慢吞吞地走在空無一人的巷弄裡，手上拿著一根長棍，身上破破爛爛的長袍拖到地上。他有一頭枯黃長髮，蒼白圓臉因為痲瘋病的緣故已經有些潰爛。他撿起大家樂捐的食物，裝進背後簍筐裡，然後對躲在家裡的農民高聲致謝，他聲音拖得長長的，讓我們老覺得他有點搞笑或懷有惡意。

那個時候，痲瘋病在沿海地區流行，我們附近一個村莊，叫做蘑菇坡，裡面住的全都是痲瘋病患，我們不得不提供他們食物，卡拉特歐就是負責收取的那個人。每當有漁民或農夫得了痲瘋病，他們便拋下親友自行前往蘑菇坡村，在那裡度過餘生，等待有一天被疾病徹底吞沒。據說蘑菇坡村會為每一個新來的人舉辦大型慶祝儀式，大老遠就可以聽到這些痲瘋病患家中傳出音樂和歌聲，直到三更半夜。

關於蘑菇坡村的傳聞很多，明明一般人都沒去過，但是傳言一致都說那裡長年夜夜笙歌。在變成痲瘋病患避難處之前，蘑菇坡村原是不分種族不分宗教的水手聚集的娼寮，至今那裡的女子依然作風大膽放蕩。痲瘋病患不事農務，僅照顧一處甜種葡萄園，釀出來的淡酒可以讓他們全年處於一種微醺狀態。他們主要忙著彈奏自己發明的奇怪樂器，例如在琴弦上吊掛許多小鈴鐺的豎琴，用假音唱歌，用五彩顏料在雞蛋上作畫彷彿那是復活節彩蛋。就這樣，他們用溫柔樂聲和環繞在變形臉頰旁的茉莉花環麻醉自己，忘卻痲瘋病讓他們不得不脫離的人類社會。

本地醫生沒有人願意幫痲瘋病患看診，崔勞尼在此地定居後曾有人希望他能發揮專業解決我們這一帶的痲瘋病問題。我原本也天真地抱持同樣期望，因為我一直想去蘑菇坡村參加痲瘋病患的狂歡，如果崔勞尼醫生願意在那些不幸的人身上試驗他的藥，說不定我就有機會陪他進到村子裡。結果期望落空，他一聽到卡拉特歐的號角聲就拔腿狂奔，比任何人都更怕被傳染。有幾次我問他痲瘋病的性質，他的回答含糊其辭，彷彿光是「痲瘋病」這個詞就讓他渾身不舒服。

老實說，我不懂為什麼我們都認定他是醫生，他對牲畜，特別是幼小的牲畜、對石頭、對自然現象都充滿關愛，但是對人和人類疾病深惡痛絕，或驚慌失措。他怕血，只肯用指尖碰觸病患，遇到重病病人會用浸泡過醋的絲帕摀住口鼻。他跟少女一樣害羞，看到裸體會臉紅，如果對方是女子，他就盯著地上看，說話開始結巴。他在那些越洋長途航行中，似乎從未結識過任何女子，幸好在我們那個年代，分娩是助產士的事，與醫生無關，否則不知道崔勞尼醫生要如何面對。

我舅舅找到了新樂趣：縱火。三更半夜，或是可憐農民的穀倉，或砍下來準備當柴薪的樹木，或一整座樹林，會突然起火燃燒，我們只能接力搬運一桶又一桶水救火，直到天明。受害者永遠是跟子爵發生過爭執的窮苦人家，有人是因為不滿子爵下的命令日益嚴苛且有失公允，有人則是因為稅金加倍。後來他不滿足於燒毀人家的財產，開始燒民房。大家都猜他是在半夜時分靠近，把點了火的易燃物丟到屋頂上後騎馬逃逸，但是從來沒被當場逮到過。有一次兩位老者被燒死，另一次一個男孩的腦袋形同被剝了一層皮。農民對子爵的憎恨與日俱增。跟子爵誓不兩立的是信奉法國新教的幾戶人家，他們住在傑比多丘上的農舍，男人們輪番守夜以防子爵縱火。

一天夜裡，子爵不知為何跑到蘑菇坡村，對那裡的茅草屋頂潑灑瀝青後點火。痲瘋病患的特徵之一是感受不到燒燙傷的疼痛，所以如果在睡夢中身陷火海，他們也不會醒。但是當子爵策馬離去的時候，聽到村子裡傳來小提琴的抒情樂音，原來村民還沒睡，仍在尋歡作樂，雖然大家都被灼傷，但是不覺得痛，照樣玩得很開心。他們很快就把火滅了，至於他們的房子，或許受到痲瘋病菌保護的緣故，雖然失火但損害不大。

梅達多甚至不放過他自己的城堡。火勢從僕從住的那一側廂房竄起蔓延開來，被困在裡面的人高聲呼救，有人看到子爵騎著馬揚長而去。他試圖謀害的對象是形同第二個母親的奶媽瑟芭斯提安娜。她以看著孩子長大的女性長輩一貫強硬姿態，數落子爵每一個錯誤，即便所有人都認定子爵本性狂妄冷血其實無可救藥，她依然故我。狼狽不堪的瑟芭斯提安娜被人從燒得漆黑的屋子裡救出來，因為燒傷必須臥床多日。

一天晚上，子爵打開她的房門，走到床邊。

「奶媽，你臉上那些斑塊是什麼？」梅達多指著她的燒燙傷疤問她。

「是你的罪證，孩子。」老婦人心平氣和回答他。

「你的皮膚斑駁又扭曲變形，你怎麼了，奶媽？」

「這沒什麼，我的孩子，相較於你不知悔改下地獄後要受的刑罰，這不算什麼。」

「你要快點好起來，你該不會希望大家知道你生了那個病……」

「我又不嫁人，不需要管外貌如何，我只要還有良知就夠了。要是你也能這樣想該有多好。」

「你的新郎在等你，想要帶你走，你不知道嗎？」

「不要因為你的青春毀了，就捉弄老年人，孩子。」

「我沒有開玩笑，奶媽，你未來的夫婿正在窗外為你演奏……」

瑟芭斯提安娜豎起耳朵，聽到城堡外卡拉特歐吹響號角。

第二天梅達多派人把崔勞尼醫生叫來。

「一個年老女僕臉上出現可疑斑塊，」他對醫生說。「我們都擔心她得了痲瘋病。醫生，我們需要你以智慧之光為大家解惑。」

崔勞尼鞠躬行禮，結巴地說：「大人，這是我的職責……為您效力，大人……」

他轉身離開，溜出城堡，帶著一小桶康卡洛內酒消失在樹林裡，一整個星期不見人影。他回來的時候，奶媽瑟芭斯提安娜已經被送去痲瘋病村。

她在某天的日落時分離開城堡，身穿一身黑衣，戴著面紗，手上拎著一個小包袱。她知道那是她的命，她只有往蘑菇坡村這條路可以走。瑟芭斯提安娜走出原本囚禁她的房間，走廊上沒有人，樓梯上也沒有人。她下樓，穿過中庭，來到田野間，沿路全都空無一人，每個人在她經過的時候都後退躲了起來。她聽到狩獵號角只用兩個音符吹出輕柔呼喚，站在鄉間小路上的卡拉特歐高高揚起號角朝向天空。瑟芭斯提安娜慢慢往前走，小路的盡頭是日落，卡拉特歐遠遠地走在她前面，偶爾停下腳步研究在枝椏間嗡嗡飛舞的馬蜂，舉起號角吹一段悲傷的曲調。奶媽看著身後的菜園及河岸，知道躲在圍籬後面的人離她越來越遠，她只能繼續往前走，孤單一人，隔著一段距離跟在卡拉特歐後面。來到蘑菇坡村，村子口的柵門在她背後關上，豎琴和小提琴開始演奏。

崔勞尼醫生讓我很失望。他明知道奶媽臉上的斑塊與痲瘋病無關，但是他坐視年邁的瑟芭斯提安娜被趕去痲瘋病村，表示他是個膽小鬼，我第一次對他很反感。再加上他逃去樹林的時候沒有帶我一起去，而他明知道我善於捕捉松鼠，也是尋找覆盆子的高手。我不再像以前那樣興致勃勃跟他到處找鬼火，常常一個人遊蕩，尋找新夥伴。

我現在最好奇的是住在傑比多丘的那些法國新教徒。由於法國國王大肆屠殺信奉他們那個宗教的人，他們便從法國逃來此地。在翻山越嶺過程中，他們遺失了經書和聖物，現在他們既沒有聖經可讀，沒有彌撒可做，沒有經文可吟誦，也沒有禱文可朗讀。跟受過迫害、生活在與自己信仰不同人群中的那些人一樣，他們十分多疑，不願意接受任何宗教書，也聽不進關於宗教儀式的任何建議。如果有人找上門自稱是新教弟兄，他們會擔心對方是教宗派出的間諜喬裝，沉默以對。他們在傑比多丘貧瘠的土地上開墾，不分男女從日出到日落辛勤工作，希望有一天恩典降臨照亮他們。對於何為罪，他們所知有限，為了避免犯錯只好訂定各種禁令，以至於人人都以嚴厲目光互相監視是否有人做出不當舉措暴露犯罪意圖。他們隱約記得所屬教派曾經發生過一些爭端，所以絕口不提上帝或宗教用語，以免出言不慎褻瀆神明。因此他們不遵循任何宗教規範，甚而可能不敢思考任何信仰問題，但依然維持肅穆專注的樣子，彷彿從未停止思考。久而久之，他們耕作時遵守的種種準則與宗教戒律的重要性不相上下，同樣不容置疑的還有他們不得不然的勤儉節約，以及女子的持家美德。

他們是一個子孫繁茂、互結姻親的大家庭，人人身材高大，在田裡工作也衣著整齊，黑衣的鈕釦全扣，男人戴著寬邊斜沿帽，女人則戴著白色頭巾把頭髮包起來。男人都留長鬍子，不管去哪裡身上總是跨揹一把獵槍，據說他們從未開過槍，因為戒律禁止，最多用來打麻雀。

貧瘠臺地上勉強長出一些稀疏的葡萄藤和生長不良的小麥，年邁的以西結不斷高聲呼喊，朝天空揮舞拳頭，白色山羊鬍下嘴唇發抖，漏斗型帽子下眼珠子轉來轉去：「瘟疫和飢荒！當心瘟疫和飢荒！」然後對彎著腰在田裡工作的家人大呼小叫：「約拿，鋤地要出力！蘇珊娜，你去拔草！托比亞，你負責施肥！」他發出各種指令和怨言，彷彿在他面前是一群無能又揮霍的傢伙。他每次嚷嚷著說要怎麼做收成才會有起色之後，又把身邊那些人趕走，自己開始動手，口中繼續呼喊：「當心瘟疫和飢荒！」

他的太太正好相反，十分安靜，而且跟其他人不一樣，似乎堅守著她自己的某種祕密信仰，連最小的細節都不放過，但是她從未說出口，她只要瞪大眼睛盯著人看，抿著嘴說：「你覺得這樣好嗎，瑞秋姐妹？你覺得這樣好嗎，阿隆尼弟兄？」就能讓難得出現的笑容從那些家人臉上消失，恢復原本嚴肅專注的神情。

一天晚上我來到傑比多丘，發現這些新教徒正在禱告。他們沒有說話，沒有雙手合十或下跪，只在葡萄園裡排排站，男人站一排，女人站一排，鬍子垂到胸口的老以西結站在最後面。他們直視前方，垂在身體兩側的結實長臂雙手握拳，看似凝神專注，但他們對周遭環境的變化依然有所感。托比亞伸手摘掉葡萄藤蔓上的一隻毛毛蟲，瑞秋用她的釘鞋鞋底踩死了一隻蝸牛，以西結突然拿下帽子驅趕停在麥稈上的麻雀。

然後他們唱了一首讚美詩。因為不記得歌詞大家只能哼曲調，其實他們連曲調都記不清楚，常有人走調，也有可能一直以來大家都走調，不過他們並沒有因此停止吟唱，唱完一首又一首，自始至終沒有歌詞。

我感覺有人拉我的手，原來是以掃，他比手勢讓我不要出聲跟他走。以掃跟我同年，他是以西結的小兒子，唯一像他父母的只有板著臉的固執表情，他骨子裡其實有一點流氓痞子味。我們一邊匍匐前進離開葡萄園，他一邊跟我說：「他們還要唱半小時，好無聊！我帶你去看我的祕密基地。」

以掃的祕密基地是一個隱密的山洞，他躲在那裡讓他父母親找不到人，以免被派去放羊吃草，或去菜園裡捉蝸牛。他整天無所事事，他父親則漫山遍野呼喊他的名字找人。

以掃有一些菸草，牆上掛著兩支陶瓷長菸斗，他裝好一支想教我抽，對我示範如何點菸然後快速吸幾大口，我從來沒看過其他男孩這樣做。那是我第一次抽菸，很快就覺得不舒服停了下來。他為了鼓勵我，拿出一瓶葡萄蒸餾酒倒了一杯給我，害我咳半天一陣反胃。他像喝水一樣面不改色。

「只有喝這個我才會醉。」他說。

「你這些東西從哪裡弄來的？」我問他。

以掃張開手掌再合起來：「偷的。」

他帶頭跟幾個信奉天主教的男孩組了一個幫派，在附近村落行動，不只偷摘樹上的水果，還會闖入民宅和雞舍。他們出言不遜褻瀆神明的次數比皮石汀師傅更多，講得也更難聽。他們知道所有天主教和新教的不敬用語，還會互相教學。

「我還做了很多壞事。」他對我說。「我作偽證，忘記給豆苗澆水，不敬愛我父母，很晚才回家。我想要做盡所有壞事，包括他們說要等我長大才懂的那些壞事。」

「所有壞事？」我對他說。「包括殺人？」

他聳聳肩：「我現在不適合殺人，也不需要殺人。」

「我舅舅就會殺人，他們說他以殺人為樂。」我為了跟他別苗頭，故意這麼說。以掃哌了一聲。

「笨蛋才會這麼做。」他說。

外面傳來雷聲，下雨了。

「你家人一定在找你。」我對以掃說。從來沒有人找我，但我知道父母會找自己的孩子，特別是天氣變壞的時候，我想那應該是很重要的一件事。

「我們在這裡等雨停吧，」以掃說。「我們可以玩骰子。」

他拿出骰子和一疊錢。我沒有錢，只能用直笛、小刀和彈弓當賭注，結果全部輸光光。

「別難過，」結束後以掃跟我說。「是我出老千啦。」

外面狂風驟雨，以掃的山洞開始淹水。他把菸草和其他東西收好：「這個雨會下一整晚，我們還是回家躲雨比較好。」

回到以西結家的時候，我們渾身濕透，衣服沾滿泥濘。那些新教徒圍坐在桌子旁，只有一根蠟燭照明，他們試著回想聖經裡某個章節，小心翼翼地陳述他們印象中以前讀過的內容、箇中意涵及正確與否。

「當心瘟疫和飢荒！」以西結看到他兒子以掃和我出現在門口的時候，一拳捶在桌上，燭火隨之熄滅。

我牙齒打顫，以掃聳聳肩膀。外頭雷電交加，毫不留情劈在傑比多丘上。他們重新點亮蠟燭，老以西結高舉拳頭細數他兒子諸多惡行，彷彿那些是人類有史以來最大逆不道的罪，其實他知道的不過是一小部分。以掃的母親不發一語默認，其他孩子、女婿、媳婦、孫子下巴貼著胸口，雙手摀臉低頭聆聽。以掃咬著蘋果，彷彿所有指責都與他無關。我在雷聲和以西結的咆哮聲中，像河邊蘆葦一樣簌簌發抖。

頂著粗麻布袋當雨帽、全身濕透的輪值守衛家人進門，才打斷他的斥罵聲。這些新教徒輪番守夜，用獵槍、柴刀和草耙當武器，以防被他們視為死敵的子爵背信棄義來犯。

「父親！以掃！」那些人進門後說。「天氣實在太糟糕，那個瘸子應該不會來了。

父親，我們可以回家嗎？」

「沒看到那個殘廢在附近出沒？」以西結問。

「沒有，父親，只有雷擊後的焦味。今晚不適合獨眼龍出門。」

「那你們就留在家裡吧，去換衣服。願暴風雨讓那個半殘人和我們都能好好休息。」

瘸子、殘廢、獨眼龍、半殘人是這些新教徒對我舅舅的稱呼，我從沒聽過他們用原來的名字叫他。他們對話的時候展現出某種對子爵的熟稔，彷彿很了解他，是他們長久以來的宿敵。他們交談的句子很簡短，一邊說一邊眨眼哄笑：「呵，呵，那個半殘人……沒錯，半個聾子……」好像梅達多所有那些陰險瘋狂之舉，他們早就了然於心，有所預見。

大家聊到一半，聽見風雨聲中有人大力敲門。「這個鬼天氣誰會來敲門？」以西結說。「快幫他開門。」

他們打開門，看見單腳站立的子爵站在門外，裹著滴水的斗篷，羽毛寬邊帽也濕透了。

「我把我的馬拴在你們的馬廄裡。」他說。「麻煩你們接待我，今晚的天氣對長途跋涉的旅人太不友善。」

大家都看著以西結。我躲在桌子下，以免被舅舅發現我常來敵人家。

「坐火爐旁吧。」以西結說。「我們家向來歡迎客人來訪。」

門邊有一摞床單，是鋪在橄欖樹下接橄欖用的。梅達多躺在那上面沉沉睡去。

黑暗中，全家人圍在以西結身旁。「父親，現在瘸子自投羅網！」他們交頭接耳。「我們要放他走嗎？讓他繼續為非作歹，傷害無辜的人嗎？以西結，我們難道不該讓這個剩下半個屁股的傢伙得到懲罰嗎？」

以西結對著天花板揮拳。「瘟疫和飢荒！」他再次怒吼，如果沒有發出聲音但講話依然很用力也可以稱之為怒吼的話。「在我們家不能讓客人受委屈。我會親自站崗保護睡夢中的他。」

他跨揹獵槍，守在睡著的子爵身旁。梅達多睜開眼睛：「以西結，你在這裡做什麼？」

「保護睡夢中的客人。您的仇家太多。」

「我知道。」子爵說。「我不在城堡睡就是擔心僕從會趁我在睡夢中對我下手。」

「梅達多大人，我們家也無人敬愛您。但是今晚您會得到客人應有的尊重。」

子爵沉默片刻後說：「以西結，我想皈依你們的宗教。」

以西結沒有回答。

「我身邊的人都不可靠。」梅達多接著說。「我想解雇他們所有人，城堡裡全部換成你們新教徒。以西結，我讓你擔任我的代理人，我會宣布特拉巴成為新教教區，並且對那些信奉天主教的皇室貴族宣戰，由你和你的家人負責領軍。以西結，你意下如何？你可以讓我入教嗎？」

老以西結一動不動站著，獵槍背帶橫跨過他寬挺的胸膛。「我們宗教好多東西我都忘了，」他說。「所以我不敢讓人入教。我會憑我的良知待在我的土地上，您也憑您的良知待在您的土地上吧。」

子爵用手肘撐起上半身。「以西結，你可知，我尚未向宗教裁判所通報在我的領地上出現異端分子？我若是將你們的項上人頭送給我們主教，會讓我立刻重獲教廷青睞。」

「大人，我們的人頭至今還在脖子上。」以西結說。「真正難拿走的是別的東西。」

梅達多猛然起身打開大門。「我寧願睡在那株橡樹下，也不願睡在敵人家中。」然後在大雨中跳著離開了。

以西結把大家召集起來：「孩子們，造訪我們家的第一人是痲子，此乃上天的安排。如今他走了，門前小路沒有半個人影，但你們不要絕望，孩子們，總有一天會有好旅人上門。」

留著大鬍子的男人和包著頭巾的女人都點點頭。

「就算無人上門，」以西結太太接著說。「我們也要留在我們的位置上。」

就在那一刻，一道閃電劃破天際，雷聲隆隆震得屋瓦牆磚都在抖。托比亞高聲喊道：「那株橡樹被雷劈了！燒起來了！」

他們舉著燈籠往外跑，看見巨大橡樹從樹梢到樹根被劈開來，一半熊熊燃燒，另一半毫無損傷。大雨中，他們聽見遠方傳來馬蹄聲，雷電一閃，只見馬背上裹著斗篷的削瘦騎士身影。

「你救了我們，父親。」大家這麼說。「謝謝以西結。」

東方漸漸泛白，已是拂曉。

以掃把我叫到一旁。「你說他們是不是很笨。」他小聲對我說。「你看我的斬獲。」他讓我看他手中一堆亮晶晶的東西。「我趁著子爵把馬拴在馬廄裡，把他馬鞍上的黃金鉚釘都拔走了。你說他們是不是笨蛋，連這個都沒想到。」

我並不樂見以掃做這種事，而他父母親的行事作風則讓我敬而遠之。我寧願自己一個人待著，去海邊撿撿貝殼，捉捉螃蟹。我看準礁石上一隻小螃蟹，正打算動手的時候，發現腳下平靜無波的水面映照出我頭上懸著一把劍，我嚇一跳掉入海中。

「抓著。」剛才在我背後的人是我舅舅，他要我抓住他的劍，抓住劍刃部分。

「不用，我自己上來。」我爬上另一塊突出的礁石，與先前的礁石區有一臂之隔。

「你來捉螃蟹？」梅達多說。「我來釣章魚。」他給我看他的斬獲，一隻隻褐色及白色的大章魚全都被劍劈成兩半，觸手仍不停蠕動。

「像這樣把所有完整的都切成兩半，」梅達多趴在礁石上，輕觸那些纏繞扭動的半個章魚。「就可以擺脫完整狀態的遲鈍與無知。當我還是一個完整的人，對我而言一切就跟空氣一樣理所當然、混沌和無趣。我以為我看見全貌，其實只看見表象。你如果變成一半的你，孩子，希望你會有那一天，你就能明白完整但平庸的腦袋以外的種種。你固然失去一半的你和一半的世界，但是留下來的那一半會比完整的你更有深度、更珍貴數千倍。然後你就會希望萬物都按照你的樣子，只有殘缺不全的一半，因為美麗、智慧和正義只存在於殘缺中。」

「哇，」我說。「這裡有好多螃蟹！」我假裝一心只想捉螃蟹，遠離我舅舅的劍。直到他帶著他的章魚離開，我才返回岸上。但是他說的話持續困擾我，讓我始終籠罩在他對一半的執拗陰影下，不管我去找誰幫忙，崔勞尼、皮石汀、新教徒或痲瘋病患，我們全都得聽命於這位半個子爵，他是我們的主人，我們沒辦法擺脫他。

第六章

梅達多・迪・特拉巴子爵一大早就把自己固定在馬鞍上，讓擅於飛簷走壁的坐騎帶著他在峭壁間上上下下，以他堪比獵鷹的銳利目光眺望山谷。於是他看見牧羊女潘蜜拉在草地上放羊。

子爵心想：「我感受敏銳，唯獨無法體會那些完整之人所說的愛情。如果這麼一個沒有意義的感受對他們而言如此重要，那麼我所擁有的與之相對應的感受肯定極其美妙又強烈。」於是他決定愛上潘蜜拉，打赤腳的她身材豐腴，穿著一件簡單的粉紅色衣裙，趴在草地上昏昏欲睡，有時跟羊群說說話，有時聞聞花香。

但是我們不能被他這個冷靜的想法誤導。事實上梅達多一看到潘蜜拉，就隱約感覺自己血流加速，他很久沒有這種感覺，所以只好用道理掩飾他的驚惶失措。

中午時分，潘蜜拉在回家路上發現草地上所有雛菊都只剩半朵花瓣，另外半朵的花瓣都被拔光了。「天啊，」她心想。「山谷裡有那麼多女孩，偏偏倒楣的是我！」她知道子爵愛上她了，她將所有半朵雛菊都摘下帶回家，夾在彌撒經書裡。

下午她趕鴨子到修女坡吃草，在池塘裡游水。草地上有許多防風草的白色小花，這些花跟雛菊一樣，每朵花都像是被剪去了一半。「可憐的我，」潘蜜拉心想。「我真的被他看上了！」她將只剩下一半的防風草花集成一束，打算插在家中五斗櫃的梳妝鏡框邊上。

之後她不再多想，把辮子盤到頭頂，脫下衣服後跟她的鴨子一起泡在池子裡。

天黑了，她回家途中經過的草地上開滿了蒲公英。潘蜜拉發現這些花少了一半絨毛，彷彿有人趴在地上對著半邊的花吹氣，或是那個人只有半個嘴巴。潘蜜拉摘下幾朵只剩半個白色球面的蒲公英，吹一口氣，那些柔軟的絨毛飛得老遠。「可憐的我啊，」她心想。「他真看上我了。不知會如何收場？」

潘蜜拉的家很小，羊群住二樓，鴨子住一樓，沒有多餘空間。屋外被蜜蜂環繞，因為他們家也養蜂。地底下蟻穴遍布，不管手放在哪裡，再拿起來就爬滿密密麻麻的黑螞蟻。這種情況下，潘蜜拉的媽媽只能睡在乾草堆裡，她爸爸睡在空木桶裡，而潘蜜拉則是睡在無花果樹和橄欖樹之間的一張吊床上。

她在家門口呆住了。那裡有一隻死掉的蝴蝶，單邊翅膀和半個蟲身被石頭壓扁。潘蜜拉尖叫一聲，連忙詢問爸爸媽媽。

「家裡有誰來過？」

「我們子爵剛剛經過。」她爸爸媽媽回答道。「他說他在追一隻叮了他的蝴蝶。」

「蝴蝶怎麼會叮人？」潘蜜拉說。

「我們也很納悶。」

「老實跟你們說，」潘蜜拉說。「子爵愛上我了，我們要做最壞的打算。」

「呵，你發什麼神經，胡說八道。」她的爸爸媽媽回答道。老一輩和年輕一輩總是互看對方不順眼。

第二天潘蜜拉走到她放羊時習慣坐的大石頭前，嚇得哇哇大叫。石頭上有噁心的殘骸，分別是半隻蝙蝠和半隻水母，前者還在滲黑血，後者則流出黏液，前者的翅膀被展開，後者被攤開的則是溼答答的透明觸角。牧羊女潘蜜拉看懂了內含訊息：今天晚上海邊見。她鼓起勇氣前去赴約。

她坐在卵石海灘上，聽著浪花嘩啦啦作響。馬蹄聲達達，是梅達多沿著岸邊策馬而來。他勒馬，解開馬鞍綁帶，下馬。

「潘蜜拉，我決定我愛上你了。」他對她說。

「為了這個原因，」她跳起來。「你就要殘害所有自然界的造物嗎？」

「潘蜜拉，」梅達多子爵嘆了一口氣。「這是我們僅有的可以交談的語言。世界上每兩個生物相遇都是一場廝殺。跟我走，我對惡知之甚詳，你跟我在一起比跟其他人在一起更安全，因為我跟其他人一樣作惡，但我跟他們不一樣，我作惡特別拿手。」

「你會像對雛菊或水母那樣對我嗎？」

「我不知道我會對你做什麼。不過擁有你，我的確有可能做出超乎我想像的事。我要帶你去城堡，把你關在那裡，不讓別人看見你，我們有很多時間可以釐清我們該做什麼，並持續創造新的相處方式。」

潘蜜拉躺在卵石海灘上，梅達多跪在她身旁。他一邊說話一邊比畫手勢，但是都沒有碰到她。

「好吧，我得先知道你會對我做什麼。你現在讓我體驗一下，我再決定要不要跟你去城堡。」

子爵慢慢伸出枯瘦如爪的手靠近潘蜜拉的臉頰。他的手在抖，不知道他伸手是為了撫摸或抓撓。但是在碰到潘蜜拉之前，子爵突然把手收回來，猛然起身。

「等回到城堡我才要碰你。」他重新上馬。「我去讓人把給你住的塔樓準備好。我給你一天時間考慮，然後你就得做出決定。」

說完他便催馬沿著海灘快跑離去。

第二天潘蜜拉一如往常爬上桑樹採桑葚，聽見枝椏間傳來咕咕叫和拍打翅膀的聲音，嚇得她差點從樹上摔下來。原來有一隻公雞被捆住翅膀綁在高處，多隻藍色大毛毛蟲在牠身上啃咬。原本長在松樹上的這些噁心昆蟲，被人放在公雞雞冠上列隊爬行。

這顯然是子爵留下的另一個恫嚇訊息。潘蜜拉是這樣解讀的：「明天清晨樹林見」。

潘蜜拉以採松果為理由走進樹林，梅達多拄著拐杖從一棵樹幹後面現身。

「所以，」他問潘蜜拉。「你決定要來城堡了嗎？」

潘蜜拉躺在被松針覆蓋的地上。「我決定不去。」她微微轉頭對他說。「你如果要我，就來樹林這裡找我。」

「來城堡吧。你住的塔樓已經準備好了，你是唯一的女主人。」

「你想把我關在那裡，之後說不定會讓我被燒死，或拿我餵老鼠。不要，我才不要。我跟你說過，你想要我，我可以是你的人，但只能在這片松針地上。」

子爵半蹲在潘蜜拉的頭旁邊，手裡拿著一根松針在她的脖子上劃來劃去。潘蜜拉全身起雞皮疙瘩，不敢亂動。她看著子爵的臉慢慢靠近，面對面看，他的正臉也像是側臉，冷冷一笑露出半口牙齒。梅達多緊握松針將之折斷，站起身來說：「我說要把你關在城堡裡，就是要關在城堡裡！」

潘蜜拉知道自己可以賭一把，赤腳朝天踢了幾下：「若是在樹林裡，我不會拒絕你。要把我關進城堡裡，除非我死。」

「我總有一天會帶你回去。」梅達多將手放在看似碰巧經過的坐騎背上，踏上馬蹬，馬刺一夾就循林中小徑飛馳而去。

那天晚上潘蜜拉睡在橄欖樹和無花果樹間的吊床上，早上醒來大驚失色！她的大腿上有一具血淋淋的小屍體，是半隻松鼠，跟之前一樣被縱向切開，不過黃褐色的尾巴完好無缺。

「唉，可憐的我，」她對父母說。「子爵不打算放過我了。」

她的爸爸媽媽將松鼠的屍體傳來傳去看。

「不過，」她爸爸說。「松鼠的尾巴是完整的，有可能是好兆頭……」

「說不定他開始慢慢改邪歸正了……」她媽媽這麼說。

「他把所有東西都切成兩半，」她爸爸說。「卻保留了松鼠最漂亮的尾巴，表示他愛惜它……」

「這或許意味著，」她媽媽說。「你有善良美麗之處，他也會愛惜……」

潘蜜拉抱著頭。「你們在說什麼啊！這其中必定有問題，子爵跟你們談過……」

「沒有談過，」她爸爸說。「他派人告訴我們他想來家裡拜訪，想了解我們的困難之處。」

「爸爸，他如果來找你，你就把養蜂箱打開，放蜜蜂叮他。」

「孩子，說不定梅達多大人真的悔過自新了……」她媽媽說。

「媽媽，他如果來找你，把他綁起來丟在蟻穴上不要理他。」

當天晚上媽媽睡覺的乾草堆起火燃燒，爸爸睡覺的木桶散了。第二天早晨兩個老人看著凌亂不堪的家放空發呆的時候，子爵出現了。

「昨晚驚嚇到兩位，萬分抱歉。」他說。「只是我不知道該如何開口。我真的很喜歡你們的女兒潘蜜拉，我想帶她去城堡。所以我現在正式向你們提親。我保證她的人生會有所改變，你們兩位也是。」

「我們高興都來不及，大人！」潘蜜拉的爸爸說。「但是您不知道我女兒脾氣有多壞！您想想看，他居然叫我把養蜂箱裡的蜜蜂放出來叮您……」

「您想想看，大人……」她媽媽說。「她叫我把您捆起來丟在蟻穴上……」

幸好那天潘蜜拉提早返家。她發現她的父母嘴巴被塞住，一個被綑綁在養蜂箱上，一個被綁在蟻穴上。幸好蜜蜂認得男主人，螞蟻在忙也沒有叮咬媽媽，她才及時救下二人。

「你們不是說子爵變好了？」潘蜜拉說。

豈料兩個老人另有盤算。第二天他們把潘蜜拉綁起來，跟牲畜一起關在家裡，跑去城堡跟子爵說，如果他要他們的女兒儘管派人去接她，他們願意把女兒交給他。

但潘蜜拉能跟家中動物交談。於是鴨子啄斷繩索還她自由，山羊用角撞開大門。潘蜜拉跑了，帶著她最喜歡的一頭羊和一隻鴨子，躲進樹林裡，在只有她和負責送食物跟消息給她的男孩知道的山洞裡住下。

那個男孩就是我。跟潘蜜拉在樹林裡相處那段時光很美好。我帶水果、乳酪、炸魚給她，換來她給我的羊奶和鴨蛋。當她去池塘或小溪旁梳洗時，我就替她把風，以免被人撞見。

我舅舅經過樹林數次，但是都保持距離，只以他一貫的詭異方式讓人知道他來了。有時會有石頭崩落與潘蜜拉和她的寵物擦身而過；有時她倚靠的松樹樹幹斷裂，因為底部被人用斧頭砍過；有時泉水因被獵殺的動物殘屍受到汙染。

我舅舅開始用可以單手操作的十字弓狩獵。他變得更陰鬱，也更削瘦，似乎有新的痛苦在折磨他殘破的身軀。

一天我和崔勞尼醫生走在田野間，子爵騎馬迎面而來差點撞到醫生，害他摔倒在地。立住不動的馬將前蹄踏在醫生胸口，我舅舅說：「醫生，你說說看，我感覺我失去的那條腿彷彿走了好多路似的酸痛不已，是怎麼回事？」

崔勞尼跟往常一樣不知所云又結巴，子爵策馬飛馳而去。然而那個問題似乎在醫生心中揮之不去，他抱著腦袋想了又想。我從未見他對人類醫學研究如此感興趣。

第七章

蘑菇坡村外有一叢叢胡椒薄荷與迷迭香築成的圍籬，不知道是野生的，或是人工栽種的香草園。我聞著那股甜香，繞來繞去想找到進村的路，去見奶媽瑟芭斯提安娜。

自從奶媽的身影消失在通往痲瘋病村的小路上，我就更加體會自己是孤兒的事實。她音訊全無讓我很難過，我只能爬到樹上等卡拉特歐經過的時候高聲問他。可是他向來討厭小孩，因為小孩有時候會從樹上朝他丟活蜥蜴，所以他用刺耳拉長聲音給予我的回應不是譏笑，就是不知所云。現在我想進蘑菇坡村不光是因為好奇，也是因為我想要找到奶媽，因此我鍥而不捨在氣味濃郁的香草園裡轉來轉去。

一個身穿白衣、頭戴草帽的男人從百里香叢中站起來，往村裡走去。那是一名年邁的痲瘋病患，我想問他奶媽的事，便走到他能聽見我講話而我無需吶喊的距離，然後開口說：「您好，痲瘋病患先生！」或許是被我的聲音驚醒，就在那一刻我旁邊有另一人坐起伸懶腰。他臉上布滿鱗片，彷彿風乾的樹皮，還有毛茸茸的稀疏鬍鬚。他從口袋裡掏出一支直笛，對我吹出一串顫音，彷彿跟我鬧著玩。然後我才發現那個陽光明媚的午後到處都躺著痲瘋病患，原本隱身在矮樹叢間、身著淺色袍子的他們慢慢起身，逆光走向蘑菇坡村，手中拿著樂器或園藝工具，製造出各種聲響。我本想躲開那個白鬍子男人，結果差點撞上一個沒有鼻子的女病患，她站在月桂樹枝椏間梳頭髮。我在那片矮樹叢間無論怎麼閃躲，始終會遇到痲瘋病患，我漸漸發現我只能往蘑菇坡村方向移動，一戶戶用風箏尾巴裝飾的茅草屋頂已經不遠，就在斜坡下方。

那些痲瘋病人有時會朝我眨眨眼，或用手風琴彈幾個和弦吸引我注意，我隱約覺得我是他們行進隊伍的中心，彷彿我是被捕獲的獵物，他們正護著我前往蘑菇坡村。村子裡的房屋牆面都漆成淺紫色，一名衣衫不整的女子站在窗前，她臉上和胸口都有淺紫色斑塊，懷中抱著七弦琴。她放聲大喊：「園丁們回來了！」然後撥響琴弦。其他女子也從窗戶或屋頂平臺探出頭來，搖著鈴鼓齊聲唱和：「歡迎回來，園丁們！」

我小心翼翼站在路中央，避免碰觸任何人，但我如同身在交岔路口，周圍盡是痲瘋病患者，男男女女坐在自家門口，身上的衣袍破爛褪色，露出淋巴腺腫塊甚或私密處，頭髮上插著山楂花和秋牡丹。

他們進行了一場小型的音樂演奏，應該是為了歡迎我。有人彎下腰對著我拉小提琴，故意放慢滑動琴弓的動作，只要我眼神看向某些人，那些人就學青蛙叫，還有人拿出在一根繩子上爬上爬下的奇怪戲偶表演給我看。這場音樂演奏除了這些不和諧的動作和聲響外，還有他們時不時重複的一句歌詞：「沒有斑塊的小鬼，吃了黑莓就倒楣。」

「我找我奶媽，」我高聲說。「我找瑟芭斯提安娜。你們知道她在哪裡嗎？」

他們哈哈大笑，臉上露出心照不宣、不懷好意的表情。

「瑟芭斯提安娜！」我大喊。「我找瑟芭斯提安娜！你在哪裡？」

「在那裡，孩子。」其中一個痲瘋病患說。「聽話，孩子。」他指著一扇門。

一名小麥色肌膚的女子打開門走出來，她應該是摩爾人，半裸的她身上有刺青，還綁著風箏尾巴，跳起動作挑逗的舞蹈。我不明白發生了什麼事，只見男男女女撲向對方，我後來才知道那是雜交。

我縮成一團，直到身材壯碩的瑟芭斯提安娜突然闖入那團混亂中。

「下流的骯髒東西！」她說。「好歹不要汙染幼小的心靈。」

她拉著我的手把我帶走，其他人繼續唱：「沒有斑塊的小鬼，吃了黑莓就倒楣。」

瑟芭斯提安娜身上的淺紫色袍子很像修女服，她沒有皺紋的臉頰上也長出了幾個斑塊。我很高興再次見到她，但是也很絕望，因為她剛才拉我的手，肯定把痲瘋病傳染給了我。我把這些想法都告訴她。

「別害怕，」瑟芭斯提安娜回答道。「我父親是海盜，我爺爺是隱士。我懂藥草，可以治療本地和外來的疾病。他們用牛至和錦葵當藥方，我偷偷用琉璃苣和水芥菜煎藥來喝，這輩子都不會感染痲瘋病。」

「那你臉上為什麼會有斑塊呢，奶媽？」我雖然鬆了一口氣，但依然存有疑慮。

「那是希臘樹脂，好讓他們以為我也得了痲瘋病。你跟我走，我讓你喝一點我調配的熱花草茶，待在這種地方再謹慎小心也不為過。」

她把我帶去她家，簡陋棚屋有點偏遠，但是很乾淨，洗好的衣服正在晾曬。我們接著往下聊。

「梅達多呢？他怎麼樣？」奶媽開口問我，但是每次我要回答都被她打斷。「那個壞蛋！那個無賴！居然戀愛了！可憐的女孩！這個地方，這個地方你們根本難以想像！你知道他們多浪費嗎！我們省吃儉用捐給卡拉特歐的所有那些食物，你知道他們怎麼糟踢嗎？卡拉特歐不是個好東西，你知道嗎？他很壞，而且不是只有他一個人壞！他們晚上都亂搞，白天也不曉得收斂！那些女人，我從沒見過那麼不知羞恥的女人！至少把破掉的衣服補一補嘛，連那個也不做！傷風敗俗，自甘墮落！我都當面這樣跟他們講……你知道他們怎麼回答我嗎？」

見到奶媽我很開心，第二天我跑去釣鰻魚。

我在溪水匯流而成的一個小池塘垂釣，等著等著我就睡著了。不知道睡了多久，我突然被一個聲響吵醒。我張開眼睛看見一隻手懸在我的頭頂上方，有一隻毛茸茸的紅蜘蛛在那手上爬。我轉頭，發現是披著黑色斗篷的舅舅梅達多。

我大吃一驚整個人跳起來，紅蜘蛛在我舅舅手上咬了一口之後飛速逃走。他用嘴巴輕輕吸吮傷口，開口道：「你在睡覺，我看到那隻毒蜘蛛從樹枝上懸絲垂下來要咬你的脖子，我伸手去擋，結果我就被牠咬了。」

我才不相信他說的話，他已經至少三次用同樣手法試圖要我的命。不過現在那毒蜘蛛的確咬了他，而他的手也的確腫了起來。

「你是我外甥。」梅達多說。

「對。」我有點意外，那是他第一次表態認得我。

「我第一眼就認出你來了。」他又接著說。「該死的蜘蛛！我只有一隻手，你還想毒死我！不過，幸好咬的是我的手，而不是這個小孩的脖子。」

就我印象所及，我舅舅從來沒有這樣說過話。我腦中閃過一個想法，難道他突然變成好人，說的都是真心話？但這個想法立刻被我否定：梅達多說違心之論，設陷阱騙人都是家常便飯。不過他看起來的確變了許多，表情不再那麼猙獰冷血，整個人無精打采鬱鬱寡歡，或許是因為被蜘蛛咬了疼痛又擔憂所致。只是他的衣服滿是塵土，款式也跟平日不同，所以我才覺得他變了。他的黑色斗篷有些破舊，衣角黏著枯葉和栗子刺殼，內搭服裝不是他慣常穿的黑色天鵝絨材質，而是已經磨損褪色的燈芯絨，套在腳上的不是長皮靴，而是藍白相間的羊毛襪。

為了表明我對他興趣缺缺，便去檢查釣竿是否有鰻魚上鉤。結果沒看見鰻魚，卻看見魚鉤上有一枚鑽石金戒指閃閃發亮。我把戒指拉上來，發現鑽石上刻有特拉巴家族的紋章。

子爵看著我說：「無須訝異。我經過的時候看見一條鰻魚在魚鉤上掙扎，我心有不忍就將牠放了。但我又想此舉造成垂釣者的損失，便用我的戒指作為補償，這是我身上最後一件值錢的東西。」

我瞠目結舌。梅達多接著說：

「我那時候不知道釣魚的人是你，後來發現你在草地上睡覺，只不過再見到你的喜悅立刻轉為蜘蛛即將落在你身上的擔憂。之後發生的事你已經知道。」他一邊說一邊沮喪地看著自己腫脹發紫的手。

有可能這一串全是殘酷謊言，但我忍不住想，他如果真的突然變得如此感性該有多好，瑟芭斯提安娜、潘蜜拉和所有那些受他冷血折磨的人該有多高興。

「舅舅，」我對梅達多說。「你等我一下，我去找瑟芭斯提安娜，她懂藥草，我讓她給我治療蜘蛛咬傷的藥。」

「奶媽瑟芭斯提安娜……」梅達多子爵躺了下來，手放在胸口。「她好不好？」

我不敢告訴他瑟芭斯提安娜其實沒有得痲瘋病，只說：「還好，她還好。我走了。」然後轉身就跑，一心只想詢問瑟芭斯提安娜對梅達多這些奇怪表現有什麼看法。

我在小屋找到奶媽。我跑得氣喘吁吁，再加上心急，說得有些混亂，沒想到她對蜘蛛咬傷的興趣大過於梅達多的異狀。「你說紅色的蜘蛛？好，我知道要用什麼藥草了……之前也有樵夫被咬手臂腫起來……。你說他變好了？哎，我也不知道說什麼，他本來就是那樣一個孩子，得找到方法對付他……。我把那個藥草放哪裡了？只要外敷就好。梅達多啊，從小就調皮搗蛋……。找到了，原來我裝到小袋子裡收起來了……。他向來如此，做壞事了就來找奶媽哭……。咬得很深嗎？」

「他左手腫成這樣。」我說。

「哎，孩子……」奶媽笑了。「左手……梅達多大人哪裡有左手呢？他把左手留在波西米亞給那些土耳其人了，該死的土耳其人，不只是左手，他整個左半邊都沒了……」

「對喔，」我說。「可是……他站在那裡，我在這裡，他的手這樣伸出來……怎麼可能？」

「你現在連左右都分不清楚啦？」奶媽說。「你明明五歲就學會了……」

我腦袋打結。瑟芭斯提安娜肯定是對的，但我記得的卻正好相反。

「乖，把這個藥草帶給他。」奶媽說完，我便撒腿就跑。

我上氣不接下氣奔回溪畔，沒看到舅舅。我環顧四週，他跟他中毒腫脹的手都消失無蹤。

天色漸黑，我在橄欖樹間漫步的時候看到他。梅達多披著黑色斗篷，倚著樹幹站在河邊，背對我，望向大海。我心中一陣慌張，勉強擠出一點聲音對他說：「舅舅，這是治療咬傷的藥草……」

那半張臉轉過來，面色猙獰。

「什麼藥草？什麼咬傷？」他高聲詢問。

「藥草是用來治療……」他之前的溫柔表情不見了，那個片刻轉瞬即逝，或許此刻他正在努力擠出笑容，只是笑得很僵硬，一看就知道是假裝的。

「喔……很好……你放在那個樹洞裡吧……我等下再拿……」他這麼說。

我聽話把手伸進樹洞裡。那是一個馬蜂窩。馬蜂全部朝我飛來，我拼命跑，蜂群緊追不捨，我跳進溪裡潛入水面下游了一段距離才躲開馬蜂的攻擊。等我浮出水面，聽到黑暗中子爵的笑聲漸行漸遠。

他又騙了我一次。很多事我實在搞不懂，我只好去找崔勞尼醫生。他待在掘墓人小屋裡，靠一盞小小油燈的光，埋首研究一本人體解剖學的書。真稀奇！

「醫生，」我問他。「被紅蜘蛛咬傷的人有可能自行痊癒嗎？」

「你說紅蜘蛛？」他整個人跳起來。「紅蜘蛛咬了誰？」

「我的子爵舅舅。」我說。「我從奶媽那裡拿藥草去給他，他又從好人變回原本的壞人了，拒絕我幫忙。」

「我剛剛才幫子爵處理了他手上被紅蜘蛛咬過的傷口。」崔勞尼醫生說。

「醫生，你覺得他是好人，還是壞人？」

於是醫生告訴我事情始末。

我離開手掌腫脹、躺在草地上的子爵後，崔勞尼醫生經過那裡。他發現了子爵，跟以往一樣心生害怕，想要躲在樹後面。但是梅達多聽到腳步聲，站起來大喊：「誰在那裡？」醫生心想：「他如果發現躲起來的人是我，不知道會不會找我麻煩！」於是決定逃走以免被認出來。沒想到他絆了一跤摔進小池塘裡。雖然在船上待了大半輩子，但是崔勞尼醫生不會游泳，在池塘裡拚命掙扎，大聲呼救。這時候子爵說：「我來了。」他走到溪畔，踏入池塘裡，用他疼痛的手握住一條突出的樹根好讓自己浮在水面，然後盡可能伸長他僅有的一隻腳讓醫生抓住。他的腳又細又長，變成讓醫生得以爬上岸的繩索。

兩人都脫離險境之後，醫生結結巴巴地說：「哦，大人……謝謝，真的，大人……我該如何……」然後對著子爵打了一個噴嚏，他受涼了。

「祝你早日康復！」梅達多說。「穿上吧。」子爵把自己的斗篷披在醫生身上。醫生一頭霧水，連忙閃躲。子爵對他說：「穿上吧，斗篷送你。」

這時候崔勞尼發現梅達多紅腫的手掌。

「您被什麼咬到？」

「一隻紅蜘蛛。」

「請容許我為您治療，大人。」

他帶子爵去了掘墓人小屋，給受傷的手掌上藥包紮繃帶。過程中子爵態度和藹可親跟醫生聊天，還約定早日再見，以進一步建立友誼。

「醫生！」我聽完他的故事之後說。「你治療的那個子爵沒過多久又恢復他冷血瘋狂的樣子，騙我去捅了馬蜂窩。」

「你說的子爵不是我治療的那個子爵。」醫生說完眨了眨眼睛。

「醫生，你在說什麼啊？」

「你晚點就會知道。你先別告訴任何人，讓我專心研究，我們得準備一場硬仗。」

然後崔勞尼醫生不再理我，十分反常地埋首研究那本人類解剖學專書。他腦袋裡肯定有什麼計畫，因為接下來那段日子他廢寢忘食，沉默寡言。

梅達多有雙重性格的流言滿天飛。在森林裡迷路的小孩遇見拄著拐杖的半個男人驚嚇不已，卻被他牽手送回家，還附贈無花果跟煎餅；這半個男人會幫生活困頓的寡婦搬運燒柴用的樹枝；被蛇咬傷的狗會得到他的醫治；窮人會在窗臺或家門口發現神祕禮物；果樹被風吹倒連根拔起，主人還沒來得及出門整理，已經有人主動填土扶正。

然而在同一時間，每當披著黑色斗篷的子爵出現就代表有壞事發生：幼兒被擄走關在石頭堵住出口的山洞裡，落石和傾倒的樹幹壓在老婦人身上，南瓜剛成熟就被砸爛，這一切都只是因為他以行惡為樂。

原本半個子爵使用十字弓最多只能射中燕子，燕子不會死，但是難免受傷或斷翅，如今大家看到在空中飛翔的燕子傷腳上有繃帶固定小樹枝，翅膀不是被黏合就是被包紮。這群受到細心呵護的燕子小心翼翼地集體飛翔，彷彿禽鳥醫院的病患進行復健，那麼醫生自然就是梅達多了。

有一次潘蜜拉帶著她的山羊和鴨子在偏遠荒野中遇到暴風雨，她知道附近有一個山洞，雖然只是岩壁上一處淺淺的凹洞，空間很小，但她還是去那裡躲雨。她在洞口看到一隻破舊縫補過的馬靴，山洞裡則是裹著黑色斗篷蜷縮成一團的半個子爵。她正要轉身逃跑，子爵已經發現她，走入傾盆大雨中對她說：

「姑娘，你進去躲雨吧。」

「我才不進去躲雨，」潘蜜拉說。「那裡面只能待一個人，你想趁機吃我豆腐。」

「別害怕，」子爵說。「我守在外面，你可以帶著你的山羊和鴨子安心在裡面待著。」

「牠們還是會淋到雨。」

「我們可以不讓牠們淋到雨。」

潘蜜拉聽人說過子爵突然良心發現的種種怪異行為，告訴自己「不然試試看吧」，於是她抱著兩隻動物努力擠進山洞裡，子爵站在洞口，舉起斗篷當作帳篷替山羊和鴨子擋雨。潘蜜拉出神地看著他撐起斗篷的手，再看看自己的手，來回比對，然後哈哈大笑。

「看你這麼開心，我很高興。」子爵說。「方便告知，你為什麼笑嗎？」

「我笑是因為我找出讓村民覺得錯亂的原因了。」

「為何覺得錯亂？」

「你一下好一下壞。原來如此。」

「怎麼說？」

「我發現你是另外半個子爵。住在城堡裡的子爵是邪惡的那一半，你是另外一半，我們以為你在戰場上沒了，但你回來了，而你是善良的那一半。」

「你人真好，謝謝你。」

「我說的是實話，不是讚美你。」

潘蜜拉那天晚上才得知梅達多的故事。那顆砲彈並沒有把子爵另一半身體轟成碎片，而是把子爵分割成兩半，奉命將傷兵抬回去的那些人找到了其中一半，另一半被埋在堆積如山的基督軍團士兵和土耳其士兵屍體下，沒被發現。當天深夜有兩位隱士路過戰場，不清楚他們信奉的是正統宗教或黑魔法，跟戰亂時期某些人一樣，隱士也住在兩方軍營之間的不毛之地，還有人說，他們或許想要同時擁抱基督教的三位一體和伊斯蘭教的阿拉。這兩名隱士本著無以名之的慈悲心，將他們找到的半個梅達多帶回陋屋中，用他們調配的香脂和油膏替他醫治，救回他的命。梅達多一恢復力氣，就向他的救命恩人道別，拄著拐杖，經年累月走過一個又一個基督教國家返回他的城堡，沿路行善讓所有人都詫異不已。

半個好子爵說完他的故事後，希望牧羊女潘蜜拉也說說她的故事。潘蜜拉告訴他那個壞梅達多如何設下圈套，以至於她被迫逃家在樹林裡流浪。

善良的梅達多聽完潘蜜拉的故事深受感動，將他的同情心分給了被欺負的牧羊女、沮喪的壞梅達多和孤單無助的潘蜜拉父母親。

「別提他們！」潘蜜拉說。「我爸媽是兩個老混蛋，根本不需要可憐他們。」

「潘蜜拉，你想想看，此刻待在老房子裡的他們該有多難過，沒有人照顧他們，也沒有人去田裡和馬廄做工。」

「最好讓馬廄塌在他們頭上！」潘蜜拉說。「我現在看出來你有點太過軟弱，你非但沒有因為另外半個你做的那些混帳事對他生氣，看起來還頗同情他。」

「怎麼能不同情他呢？我知道身為半個人的感受，我沒辦法不可憐他。」

「可是你不一樣，雖然你也有點不正常，但是你很善良。」

善良的梅達多說：「哦，潘蜜拉，這就是身為半個人的好處，我如今才明白這個世界上每個人和每件事都因自身不完整而感到痛苦。以前的我是完整的，所以那時候我不懂，我對四處可見的苦痛和創傷充耳不聞、難以體會，因為完整的我根本無法想像。其實不只我是破碎、失根的人，潘蜜拉，你和所有其他人也都是。如今我有了兄弟手足，是以前完整的我未曾擁有過的，這個兄弟手足集世界上所有殘缺和不足於一身。潘蜜拉，你若跟我走，你能學會苦他人所苦，並在療癒他人之苦的同時也療癒你自己的苦。」

「聽起來很棒，」潘蜜拉說。「但我現在自顧不暇，另外一半的你愛上了我，不知道接下來會對我做什麼。」

暴風雨結束，我舅舅放下斗篷。

「我也愛上你了，潘蜜拉。」

潘蜜拉腳步輕快走出山洞。「太好了！天空有彩虹，而我多了一個追求者，他也是半個人，不過是善良的那一半。」

他們走在泥濘小路上，頭上的樹枝還在滴水。子爵的半邊嘴角勾起一抹溫柔的、不完整的微笑。

「那我們現在要做什麼？」潘蜜拉問。

「我覺得我們應該去找你父母，幫助倒楣的他們做點事。」

「你想去就去吧。」潘蜜拉說。

「親愛的，我是真的想去。」子爵說。

「我留在這裡。」帶著山羊和鴨子的卡蜜拉停下腳步。

「一起做善事是我們談戀愛唯一能做的事。」

「真可惜，我以為還有其他事可以做。」

「親愛的，我走了，我會帶蘋果派回來給你吃。」子爵拄著拐杖在小徑上漸行漸遠。

「山羊，你說說看，小鴨子，你說說看，」獨自留在樹林裡的潘蜜拉對她的寵物說。「為什麼我遇到的都是怪人？」

第八章

自從所有人都知道另一半子爵回來了，而且這個子爵為人良善，不像先出現的那一半無惡不作之後，特拉巴的生活便起了很大的變化。

我一早就陪著崔勞尼醫生出診探望病人，他漸漸重拾醫生本業，發現村民多受病痛折磨，因為長年飢荒傷及內裡，而且各種病症都從未得到治療。

我們穿梭在鄉間，處處可見我舅舅留下的記號，我說的是那個善良的舅舅，他每天早晨巡視照看的不只是病人，還有窮人、老人等所有需要救助的人。

在巴契恰的果園裡，石榴樹上已經成熟的果實一個個都用布包覆起來打結固定，於是我們明白巴契洽犯了牙疼。果樹主人因身體不適無法出門採收，我舅舅為免果實裂開便將石榴包起來，同時提醒崔勞尼醫生務必上門看診，而且要記得帶鉗子。

修道院院長伽科家的陽臺上有一盆向日葵，始終不開花。一天早晨我們發現有三隻母雞被綁在欄杆上，一邊勤快地啄食鳥食，一邊將白色糞便留在向日葵花盆裡。於是我們明白院長應該正受腹瀉之苦。我舅舅把母雞綁在那裡固然是為了給向日葵施肥，但也是為了通知崔勞尼醫生有院長這個緊急病例。

我們看見一排蝸牛在年邁的吉羅米娜家門前階梯上往門口方向爬去。那些可以煮來吃的大蝸牛既是我舅舅從樹林裡收集來送給吉羅米娜的禮物，也是為了告知醫生：老太太的心臟不好，進門的速度要放慢，以免嚇到她。

善良的梅達多用這些記號在不驚擾病人的情況下委婉地向醫生提出醫療要求，也讓崔勞尼醫生在進入病患家中之前已能大致掌握情況，幫助他克服踏入陌生人家裡的焦慮，避免他在一無所知的情況下接觸病患。

突然間山谷裡有人發出警告：「惡人！惡人來了！」

有人看見邪惡的那一半子爵在附近縱馬馳騁，大家全都跑去躲起來，跑最快的是崔勞尼醫生，我跟在他後面。

我們經過吉羅米娜家，階梯上一排蝸牛都被踩扁，黏液和殘破外殼四散。

「是惡人幹的！」

伽科院長家陽臺上的母雞被綁在晾曬番茄的網架上，把一切搞得亂七八糟。

「是惡人幹的！」

巴契洽的果園裡所有石榴都掉落地上摔得稀爛，枝椏上只剩下布條垂掛搖晃。

「是惡人幹的！」

我們的日子就在感恩和恐慌中度過。大家都叫我左半的舅舅「善人」，跟右半的「惡人」形成對比。善人被村民奉為聖人，那些身體有殘缺的、倒楣鬼和棄婦等各有苦衷的人，總是簇擁著他，他明明可以藉此機會自稱子爵後取而代之，但是他選擇繼續當流浪漢，披裹著那件破破爛爛的黑色斗篷，拄著拐杖，穿著藍白相間滿是補丁的褲襪，向有求於他或對他惡言相向之人無差別伸出援手。每次有羊在山溝裡摔斷腿，或有酒鬼在酒館拔出小刀準備鬧事，或紅杏出牆的婦人三更半夜跟情郎幽會，都會看到一個削瘦的黑色身影彷彿從天而降，臉上掛著溫柔微笑，或提供救援，或勸說，或阻止暴力和罪行發生。

潘蜜拉始終待在樹林裡。她在兩株松樹間搭了一個鞦韆，之後為山羊也做了一個堅固的，再為鴨子做了一個小巧的，她成日跟寵物一起盪鞦韆打發時間。到了某個時間，善人的蹣跚身影便會出現，肩膀上掛著一個包袱，裡面裝著他從乞丐、孤兒或獨居病患那裡收來需要清洗和縫補的衣物，他都交給潘蜜拉去做，等於讓她也行善。一直待在樹林裡覺得很無聊的潘蜜拉去溪邊洗滌，他會幫忙。之後她把洗好的衣物一一晾在鞦韆繩索上，善人則坐在大石頭上閱讀《解放的耶路撒冷》[4]。

潘蜜拉對閱讀不感興趣，懶洋洋地躺在草地上給自己抓蝨子（因為住在樹林裡所以染上了蝨子），她一邊打呵欠一邊用一種名叫捕蟲堇的植物給自己搔癢，赤腳將小石子夾起拋向空中，欣賞自己粉紅色穠纖合度的雙腿。善人眼睛不離書，唸著一首又一首八行詩，試圖教化這個鄉下野丫頭。

潘蜜拉跟不上子爵的思路覺得無聊，偷偷摸摸地慫恿山羊去舔善人那半張臉，趕鴨子去坐在書上面。善人往後一閃，把書舉高闔起來，於此同一時刻，惡人從林間疾馳奔來，一把大鐮刀朝善人一揮，刀刃劃過書本，將它垂直切成兩半，有書脊的那一半留在善人手中，另一半書頁則散成上百成千片飄灑在空中。惡人策馬而去，他這次出擊是打算把善人的半個頭顱收割帶走，沒想到潘蜜拉的兩隻寵物讓善人逃過一劫。被分成兩半的書頁上有詩人塔索的詩句和空白頁緣，隨風飛舞散落在松樹枝椏、草地和溪流上，站在山丘邊緣的潘蜜拉看著片片白雪，說：「好美！」

其中幾頁飄到崔勞尼醫生和我經過的小路上，崔勞尼在半空中抓住一張，翻過來再翻過去，試著解讀那些或沒有頭或沒有尾的詩文，最後他搖搖頭說：「看不懂……嘖嘖……」

善人聲名遠播，新教徒也有所耳聞。常有人看見老以西結站在澄黃的葡萄園最高處，俯瞰山谷裡那條崎嶇小路。

「父親，」他的一個兒子對他說。「我看見你望著山谷，好像在等待某個人。」

「我是在等人，」以西結回答道。「滿懷信心等待對的人，滿懷恐懼等待錯的人。」

「父親，你在等只有另一條腿的那個瘸子嗎？」

「你聽過那個人的事？」

「整個山谷都在談只有左半邊的那個人。你覺得他會來我們這裡嗎？」

「如果我們這裡的人都抱持善念，他也保持善念，他就沒有理由不來。」

「那條山路對靠拐杖走路的人來說太陡峭了。」

「之前那個只有一隻腳的傢伙是騎馬上來的。」

在葡萄園工作的新教徒紛紛圍過來聽以西結講話，但是聽到他談及子爵，大家默默地打了一個冷顫。

「以西結長老，」他們說。「那天晚上那個瘸子來，雷擊燒掉半株橡樹的時候，您說總有一天會有好旅人上門。」

以西結點頭的時候鬍子垂到胸口。

「父親，現在我們說的這個瘸子跟那個瘸子的身體和靈魂既相同又相反，這個有多仁慈，那個就有多殘酷。這個瘸子是您上次預告的訪客嗎？」

「每條路上的每個旅人都有可能是我們的訪客。」以西結說。「因此，也有可能是他。」

「我們都希望是他。」大家齊聲說道。

以西結的妻子站出來，她推著裝滿葡萄藤的小車，目光直視前方說：「我們當然要懷抱希望，但是不管跛著腳來我們山頭的是不是在某個戰爭中失去手腳的倒楣鬼，也不管他是好心或壞心，我們每天都應該秉公行事，並耕種我們的田。」

「這一點無庸置疑，」大家回答道。「我們說的難道有相違背之處嗎？」

「好，既然大家都無異議，」她說。「就拿起鋤頭和草耙繼續工作吧。」

「當心瘟疫和飢荒！」以西結大吼一聲。「誰讓你們放下鋤頭的？」

新教徒們散開回到畦溝裡拿起他們丟下的農具，以掃則趁他父親不注意爬到無花果樹上偷吃早熟的果子，隨即大喊：「看下面！騎著騾子上山的不知道是誰？」

沿著小路往山上爬的騾子載著綁在馱鞍上的半個人，來者是善人，他在騾子主人準備把屠宰場都不收的老騾子淹死時，將毛皮斑駁的牠買下。

他心想：「我只有一般人一半的重量，這頭老騾子應該載得動我。而且我有了自己的坐騎，就可以到更遠的地方行善。」所以他第一次出遊，便是造訪新教徒。

新教徒立正列隊，吟唱讚美詩歡迎他。以西結走向他，如兄弟般向他問候。下了騾子的善人慎重其事地回應老者的問候，親吻不為所動一臉慍色的以西結妻子的手背，詢問大家的健康狀況，還伸手摸了摸以掃猶如馬鬃往後梳的粗硬頭髮。他關心每個人的煩惱，讓大家把自己受迫害的故事說給他聽，他聽得既感動又感慨。想當然耳，他們並未多著墨於宗教爭議，而是將這一連串不幸歸因於普遍的人性之惡。梅達多不提迫害來自於他所屬的教會，新教徒也沒有就信仰問題做討論，因為他們擔心說出違背教義的言論。因此他們含糊其辭繞著無私無我的大愛議題打轉，反對一切暴力和過激行為。雖然有共識，但整體而言大家表現得有點冷漠。

之後善人去田裡參觀，對他們的農作物歉收表示同情，但又為黑麥豐收感到高興。

「黑麥怎麼賣？」梅達多問他們。

「一磅三銀盾。」以西結說。

「一磅三銀盾？我的朋友，特拉巴的窮人快餓死了，他們連一捧黑麥都買不起。你們或許不知道冰雹打壞了山谷裡的黑麥田，只有你們的黑麥可以拯救大家免於飢餓！」

「我們知道，」以西結說。「正因為如此，我們才能賣出好價錢……」

「你們若能降低黑麥價格，對那些窮苦人家來說是莫大的恩惠啊……這正是你們行善的機會……」

以西結雙臂交錯橫在胸前站在善人面前，所有新教徒都模仿他擺出相同姿勢。

「行善嘛，兄弟，」以西結說。「未必只有降價才叫做行善。」

善人在田間看見瘦骨嶙峋的年邁新教徒在大太陽下鋤地。

「你臉色好差，」他對一個鬍子長到拖地的老人說。「是不是人不舒服？」

「一個七十歲的老人每天在田裡工作十個小時，肚子裡只有一碗蘿蔔湯，怎麼可能舒服。」

「他是我表哥亞當，」以西結說。「是很優秀的勞動者。」

「你年紀大了，得好好休息，好好吃飯！」善人話說到一半，就被以西結大力拉走。

「兄弟，我們這裡每個人都得辛勤工作才有飯吃。」以西結的態度很強硬，不容分辯。

先前善人下了騾子之後，親手將牠拴好，就開口索討一袋草料說要慰勞辛苦爬山的騾子。以西結和他的妻子互看一眼，他們認為只要餵騾子吃一把野生菊苣就好。但那是展現迎賓熱情的重要時刻，只好讓人送草料來。現在想想，以西結一點都不想讓那頭骨瘦如柴的騾子吃他們僅有的草料，於是他避開客人，悄悄叫來以掃對他說：

「以掃，你偷偷去騾子那裡把草料拿走，換別的東西給牠吃。」

「換成氣喘藥水？」

「給牠玉米芯，或鷹嘴豆皮，隨便你。」

以掃搶走草料，被騾子踢了一腳，害他好一陣子走路都跛腳。為了補償自己，他把剩下的草料藏起來另外賣錢，卻說騾子已經吃完了。

日落時分，善人跟新教徒們還待在田裡，但是無話可說。

「客人，我們還得再工作一個小時才能休息。」以西結的妻子說。

「那我告辭了。」

「祝你好運。」

善良的梅達多騎著騾子出發。

「因為戰爭而半殘的可憐人，」等梅達多離開後，以西結的妻子說。「這一帶不知道有多少啊！真可憐！」

「真的很可憐。」以西結一家人都點頭。

「當心瘟疫和飢荒！」以西結在田裡走來走去，看到農作馬虎敷衍的地方和乾旱造成的農損便高舉拳頭呼喊。「瘟疫和飢荒！」

4《解放的耶路撒冷》（*Gerusalemme liberata*, 1575）是義大利作家、詩人托爾夸托・塔索（Torquato Tasso, 1544-1595）最重要的作品，描述第一次十字軍東征結束後基督徒與回教徒之間的衝突戰事。

第九章

我常常一大早跑去皮石汀的工坊看這位技藝精湛的師傅正在打造的機器。白從善人深夜上門，譴責他的作品用途太過邪惡，鼓勵他從事發明應出於善心，不該以凌虐為目的之後，身為木匠的他就越來越愧疚焦慮。

「所以，梅達多大人，我到底該打造怎樣的機器呢？」皮石汀問他。

「我告訴你，你可以……」善人開始解釋如果他是另外半個子爵會想訂製怎樣的機器，還一邊解釋一邊畫出難以辨識的設計圖。

皮石汀最初以為那個機器是一架管風琴，是一種大型鍵盤樂器，可以彈奏出各種柔美的樂曲，他準備尋找合適木料以打造音管時，善人再次造訪，交談中表達出更令人費解的想法，因為他想讓音管噴出來的不是風，而是麵粉。簡而言之，那是一座管風琴，同時也得是一座磨坊，可以為窮人研磨穀物，而且最好還能當烘烤麵包的烤爐使用。善人每天精進他的想法，畫了一張又一張設計圖，但是皮石汀跟不上他，因為這個管風琴兼磨坊兼烤爐必須想辦法讓騾子用最省力的方法從井裡汲水，同時還要裝上輪子好移動到各個地方去滿足大家的需求，每逢慶典活動的時候，要能夠懸吊在半空中，用張開的網捕捉蝴蝶。

這讓皮石汀師傅不禁懷疑，人類窮盡所能恐怕也無法打造出行善機器，唯一可以精準操作且實用的機器就只有絞刑臺和刑具。因為只要惡人向皮石汀提出一個新點子，他就能立刻想出實踐方法並著手製作，每個細節都無可取代、完美無瑕，完成的作品集工藝和巧思於一身。

師傅感到很苦惱：「難道是我靈魂中的惡使我只能打造出以凌虐為目的的機器？」但他偏偏樂此不疲，積極又嫻熟地完成更多新刑具。

有一天我看他做出一個奇怪的絞刑臺，白色的刑架背後是一堵黑色木板牆，同樣是白色的繩索從牆面上兩個洞穿出，正是繩結的位置。

「師傅，這是什麼？」我問皮石汀。

「是從側面執行絞刑的絞刑臺。」他說。

「你做這個是為了誰？」

「為宣判刑罰的同時被判刑的那個人。他用半個腦袋判處自己死刑，另外半個腦袋伸進活結裡，嚥下最後一口氣。我真希望他們兩個能夠互換角色。」

我這才知道原來惡人得知另外一半的他自己，也就是善人，越來越受歡迎，他決定儘快出手打壓。

他招來禁衛隊：

「一個形跡可疑的流浪漢在我的領地出沒已久，到處挑撥是非。限你們明日之前將此造謠生事者逮捕，執行死刑。」

「遵命，大人。」禁衛隊隨即離開。因為斜視的緣故，惡人沒發現他的部屬在答話的時候互相使眼色。

要知道那幾天城堡裡正在密謀起義，禁衛隊也參與其中。他們打算囚禁並罷黜現任的半個子爵，將城堡及頭銜交給另外那一半，而另外那一半對此毫不知情。那天夜裡，睡在穀倉裡的另外那一半子爵在禁衛隊包圍下驚醒。

「別怕，」禁衛隊長說。「子爵派我們來殺你，但是我們受夠了他的獨裁冷血，決定殺了他之後由你頂替他的位置。」

「你們說什麼？你們已經動手了嗎？我的意思是，你們已經殺了子爵嗎？」

「還沒有，天一亮我們就動手。」

「感謝老天爺！拜託你們千萬不要讓更多的血弄髒你們的手，已經有太多人喪命了。如果必須犯罪才能讓新的統治者上位，算什麼好事？」

「不然，我們把他囚禁在塔裡，就再也不用擔心了。」

「你們別對他動手，別對任何人動手，我懇求你們！我也痛恨子爵蠻橫霸道，但是我們唯一能做的就是以身作則，以禮相待，以德報怨。」

「既然如此，我們就得殺了你。」

「不！我說過你們不能殺任何人。」

「怎麼可能？我們若不罷黜他，就得服從他。」

「這個瓶子裡還有些許藥膏，是波西米亞隱士當初為我療傷用的，所剩無幾，每當天氣變化，我身上巨大的傷口就疼痛不已，我只能盡量省著用。把它交給子爵，告訴他這是一份禮物，送禮者很清楚血管被封住是什麼感覺。」

禁衛隊將藥膏帶去給子爵，結果被子爵判處絞刑。為了拯救這些禁衛隊員，其他密謀者決定挺身而出，但是他們準備不周事跡敗露，導致起義行動最後血流成河。善人去墳前獻花，安慰孤兒寡婦。

始終不為善人善舉感動的人是老奶媽。善人繼續熱心行善，並常常在經過奶媽住的小屋時停下腳步探望她，始終彬彬有禮關懷備至。每次奶媽都不厭其煩對他說教，或許是出於母愛的直覺，或許是因為年紀大了頭腦不清楚，奶媽對梅達多被分成兩半這件事並不在意，她會為了那一半做的壞事斥責這一半，會對那一半叨唸只有這一半才聽得進去的各種提醒。

「你為什麼把碧津奶奶的公雞腦袋切成兩半？可憐的老太太就只養了那隻公雞！你那麼大了，還一天到晚調皮……」

「奶媽，你跟我說有什麼用？你也知道不是我……」

「還狡辯！不然你說說看，不是你那會是誰？」

「是我，可是……」

「哼，我就知道！」

「不是你面前的這個我……」

「哦，你以為我老糊塗了嗎？我只要聽人家說發生什麼事，馬上就知道是不是你幹的。我老在心裡嘀咕，這一聽就是梅達多幹的好事……」

「明明你每次都搞錯！」

「我搞錯……你們年輕人說我們老人搞錯……那你們呢？你把枴杖送給了依西多祿……」

「對，是我送的沒錯。」

「你得意什麼？他用你的枴杖打他老婆，有夠可憐……」

「他說他痛風，沒辦法走路……」

「他騙你的，你卻立刻把枴杖送給他……他打在老婆背脊上把枴杖都打斷了，你反而淪落到用一根分叉的樹枝當拐杖……你就是不用腦！每次都這樣！還有，你幹嘛餵貝納鐸的牛喝烈酒害牠喝醉？」

「不是我……」

「呵，不是你！大家都說是你，就是子爵你！」

善人之所以頻繁造訪蘑菇坡村，除了他對奶媽的孺慕之情外，也是因為那段時間他致力於救助可憐的痲瘋病患者。他對傳染病免疫（應該跟隱士的神祕療法有關），所以他在村子裡四處鉅細靡遺詢問每個人的需求，盡其所有為他們提供一切可能的幫助後才讓他們離開。他常常騎著那頭騾子，奔波於蘑菇坡村和崔勞尼醫生住的小屋之間，或詢問醫囑，或索討藥物。崔勞尼醫生還是沒有勇氣靠近痲瘋病患，但是因為有善良的梅達多居中穿梭，似乎也開始關注那些村民。

不過我舅舅不以此自滿，他不僅意在治療那些痲瘋病患的身體，還打算拯救他們的靈魂。他老是跟他們講大道理，喋喋不休，大小事都要管，凡事大驚小怪。那些痲瘋病患都受不了，以往蘑菇坡村縱情享樂的美好生活一去不復返。這個只能單腳站立的削瘦青年，一身黑衣，講究禮儀又裝腔作勢，只要有他在，無人能隨心所欲而不會在廣場上招來眾怒和指責。還有，音樂既不能激勵高尚情操也不受高尚情操啟發，那麼聽音樂就是無用的，徒惹人厭煩，因此他們那些奇怪的樂器便只能束之高閣累積灰塵。那些再也不能狂歡作樂的女子突然間必須獨自面對自己的疾病，夜夜絕望哭泣。

「善良的那一半比邪惡的那一半更討厭。」蘑菇坡村的居民開始抱怨。

對善人的看法每況愈下的不只是痲瘋病患。

「幸好當初那顆砲彈只把他分成兩半，」大家都這麼說。「要是分成三半，不知道我們的日子要怎麼過。」

新教徒開始輪班站崗防堵善人，因為他現在對他們毫不尊重，隨時會來窺探他們的穀倉裡有多少袋收成，勸他們降低售價，之後又到處去講影響他們做生意。

特拉巴的日子就這樣一天天過去，我們的心情越來越頹唐低落，因為覺得自己卡在同樣不符合人性的邪惡和良善之間，不知何去何從。

第十章

每逢月夜，邪惡靈魂中的惡念便如群蛇那般纏繞糾結，良善靈魂中則會開出一朵朵犧牲與奉獻的百合花。兩個一半的梅達多因受相反的苦惱所困，在特拉巴的峭壁懸崖間徘徊遊蕩。

他們各自做出決定，天明後便動身以付諸實行。

潘蜜拉的媽媽打水時因陷阱跌入深井。緊抓住繩索的她放聲大喊：「救命啊！」抬頭只見井口處逆光的惡人剪影對她說：

「我只想告訴你，我有一個想法：常有半個流浪漢陪伴在你女兒潘蜜拉左右，你得叫他娶她為妻，那個人有損潘蜜拉的名譽，如果他是個紳士，就得負責彌補。我是這樣想的，其他的我就不多做解釋。」

潘蜜拉的爸爸帶著從自家橄欖樹採收的一袋橄欖前往榨油廠，袋子有破洞，所以沿途橄欖掉落一地。他覺得肩上負荷越來越輕，放下袋子才發現裡面幾乎空了。這時候他看見善人出現，原來善人一直跟在他身後，將橄欖一顆顆撿起收在斗篷裡。

「我跟著你是因為有話對你說，正好幫你把橄欖撿回來。我一直在想一件事，這段時間我發現我想要幫助不快樂的人，可是他們的不快樂似乎是因為我。我打算離開特拉巴，我離開只是希望有兩個人能夠重拾平靜，一是你們的女兒，她本該享盡榮華富貴卻住在山洞裡，一是我那不快樂的右半，他不應該如此孤單。潘蜜拉和子爵必須結為連理。」

潘蜜拉正在訓練一隻松鼠的時候遇到假裝來撿松果的媽媽。

「潘蜜拉，」她媽媽說。「那個被大家叫做善人的流浪漢是時候該娶你為妻了。」

「你為什麼會這麼想？」潘蜜拉說。

「他破壞了你的名譽，當然得娶你。他人那麼好，你如果這樣跟他說，他不會拒絕。」

「你怎麼會有這個想法？」

「少囉嗦，你要是知道是誰告訴我的，你就不會有這麼多問題了。是惡人，我們尊貴的子爵大人親口跟我說的！」

「見鬼了！」潘蜜拉手一鬆，松鼠滾到她腿上。「誰知道他又要怎麼整我。」

沒過多久，潘蜜拉正在練習用樹葉當笛子吹的時候，遇到假裝來撿柴薪的爸爸。

「潘蜜拉，」她爸爸說。「你點頭答應嫁給惡人子爵的時候到了，唯一條件是必須在教堂結婚。」

「這是你自己的想法，還是別人告訴你的？」

「你不想當子爵夫人？」

「你先回答我的問題。」

「好吧，你一定沒想到，告訴我的那個人有最善良的靈魂，就是被大家叫做善人的那個流浪漢。」

「呵，那個傢伙太閒了。等著看我怎麼對付他！」

惡人騎著瘦馬走在樹林裡，想著他的計謀：如果潘蜜拉嫁給善人，依法律而言她是梅達多・迪・特拉巴子爵的新娘，也就是他的妻子。拜法律所賜，惡人可以輕而易舉把她從情敵手中搶過來，如此得來全不費工夫。

但是他遇見潘蜜拉，她對他說：「子爵，我決定了，如果你同意，我們就結婚。」

「你跟誰結婚？」子爵問。

「我跟你啊，我要住進城堡當子爵夫人。」

惡人沒想到潘蜜拉會這麼說，他心想：「所以安排她嫁給另外一半的我完全是多此一舉。我自己娶她就可以了。」

於是他說：「我同意。」

潘蜜拉說：「那請你去跟我爸爸談。」

沒過多久，潘蜜拉又遇見騎著騾子的善人。

「梅達多，」她說。「我發現我深深地愛著你，你如果想讓我開心，就應該向我求婚。」

善人原本為了她好，決定忍痛放手，聽完之後嘴巴合不起來。「如果她嫁給我才開心，就不能讓她嫁給另外半個我。」他心裡這麼想，於是對潘蜜拉說：「親愛的，那我就去籌備婚禮了。」

「麻煩你去跟我媽媽談。」潘蜜拉說。

當潘蜜拉要結婚的消息傳開來，特拉巴所有居民都為之嘩然。有人說她要嫁的是這個子爵，有人說要嫁另一個子爵。她父母親的介入似乎是為了刻意混淆視聽。城堡開始打掃布置，彷彿有盛大慶典要舉行。子爵讓人縫製了一套黑色天鵝絨的衣服，單邊做成誇張的燈籠袖和燈籠褲。流浪漢也為他那頭老騾子精心梳洗了一番，將自己衣服手肘和膝蓋的破洞補起來。教堂不管三七二十一，先把所有燭臺都擦得雪亮。

潘蜜拉說走紅毯之前都不願離開樹林，於是我負責幫她張羅嫁衣。她做了一件白色新娘服，有頭紗和長長的裙擺，用薰衣草編織頭冠和腰帶。因為白紗還剩幾公尺，所以她幫山羊和鴨子各做了一件新娘服。潘蜜拉穿上嫁衣在樹林裡奔跑，兩隻寵物跟在她身後，結果頭紗被樹枝勾破，小徑上枯掉的松針和栗子刺殼全黏在裙擺上。

婚禮前一天潘蜜拉憂心忡忡，還有點害怕。她坐在一個光禿禿的小丘上，裙擺堆在腳邊，薰衣草頭冠歪一旁，手撐著下巴環顧樹林唉聲嘆氣。

我一直陪著她，因為我是她的花童，以掃也是，但是他不見人影。

「潘蜜拉，你明天要嫁給誰？」我問她。

「我不知道。」她說。「我不知道明天會怎樣。會一切順利？或是很糟糕？」

樹林裡有時傳來嘶吼聲，有時傳來嘆息聲。是那兩個只有一半的追求者婚禮前夕情緒激動在峽谷和陡壁間遊蕩，他們都披著黑色斗篷，一個騎著瘦馬，另一個則騎著毛皮斑駁的騾子，因為胡思亂想內心焦慮，或放聲吶喊或長吁短嘆。馬在懸崖和落石堆間跳躍，騾子在斜坡上攀爬，二人始終沒有碰到面。

直到拂曉時分，子爵準備策馬疾行，不料馬腿一軟跌落深谷，惡人來不及趕赴婚禮。騾子雖然走得慢但走得穩，因此善人準時抵達教堂，同一時間新娘拖著我和以掃幫忙拎著的裙擺也趕到了。

大家看到只有善人拄著拐杖出現在教堂時，都有點失望。婚禮如期進行，新郎和新娘說完我願意之後交換戒指，證婚的神父說：「我在此宣布梅達多・迪・特拉巴和潘蜜拉・馬可菲結為夫妻。」

這個時候，子爵拄著一支T字拐杖從教堂中殿那頭走進來，他身上的天鵝絨燈籠袖新裝滴著水破爛不堪。他說：「我才是梅達多・迪・特拉巴，潘蜜拉是我的妻子。」

善人跛行走到他面前。「不，跟潘蜜拉結婚的梅達多是我。」

惡人丟開手中拐杖轉而拔劍，善人被迫迎戰。

「看劍！」

惡人跨出右弓步進攻，善人只好防守，但是兩個人隨即倒在地上滾成一團。

他們知道只有一條腿無法維持平衡進行搏鬥，需要將決鬥日延後才能做好準備。

「那我可以幹嘛？」潘蜜拉說。「我回樹林去吧。」她說完拔腿就跑，也沒叫花童幫忙拎裙襬。她發現山羊和鴨子還在橋上等她，便一起踏著輕快步伐離開。

兩個子爵約定第二天清晨修女坡決一勝負。皮石汀師傅發明了一種類似圓規的義肢，用皮帶綁在身上，讓他們得以站立和移動，還可以前傾或後倒，若將底端尖刺插入土中就可以定住不動。卡拉特歐感染痲瘋病前是一名仕紳，故而由他擔任裁判。惡人的見證人是潘蜜拉的父親和禁衛隊長，善人的見證人則是兩名新教徒。崔勞尼醫生在一旁待命，他帶了一大綑繃帶和一罈藥膏，彷彿要照顧戰事結束後全體傷兵。而幫他把所有那些東西帶來的我獲得了親眼目睹決鬥的機會。

拂曉時分，天空泛藍，草地上兩個黑色的削瘦身影是持劍蓄勢待發的決鬥者。裁判吹響號角，信號一下，天空彷彿繃緊的羊皮紙聞聲顫動，躲在巢穴中的睡鼠將爪尖扎進土裡，把腦袋藏在翅膀下的喜鵲從腋下拔了一根羽毛好痛，蚯蚓張口吃掉自己的尾巴，蝰蛇用利齒咬了自己一口，馬蜂在石頭上折斷了棘刺，萬事萬物皆向自己發動攻擊，原本結霜的水坑徹底冰封，地衣變成石頭而石頭則變成地衣，枯葉化為泥土，又厚又硬的乳膠樹汁讓樹瞬間死亡。那個男人也是這樣撲向自己，兩人手中都有劍。

皮石汀再次證明自己並非浪得虛名，他製作的圓規義肢在草地上畫了一個又一個圈，決鬥者交鋒的身手或敏捷或笨拙，時而防守，時而虛晃一招，但始終沒有碰觸到對方，他們每跨一次弓步，劍尖瞄準的似乎都是對方飄揚的斗篷，兩個人貌似都執著於刺向空無一物的那半邊，也就是自己原本應該在的地方。如果決鬥者不是只有半邊身體，而是兩個完整的人，已經不知道留下多少傷口。惡人攻勢猛烈，卻始終無法傷及他的對手；善人左手使劍行雲流水，但是唯一被他戳穿的只有子爵身上的斗篷。

他們突然逼近對方，圓規義肢的底端尖刺如釘齒耙般卡在地面，惡人大力掙脫後失去平衡，摔倒前奮力揮出一劍，沒有真的命中對方，不過那一劍正好從善人半個身體的斷面平行方向劃過去，兩人靠得太近，一時之間看不出來善人究竟有沒有受傷。但我們隨即發現他的斗篷全是血，原來那一劍竟是從頭劃到鼠蹊部。善人腿軟撐不住，倒地之際他的肢體動作誇大又狼狽，手中的劍也揮向緊貼著自己的對方，那一劍從頭劈到腹部，也就是從惡人殘缺的身體之始劃到上半身的支撐點為止。雙方交鋒的結果是把他們分成兩半後各自癒合的血管和傷口全部重新撕開。仰臥的兩個人身上原本屬於一個人的血重新在草地上連成一片。

我只顧著看眼前的詭異景象，好一會兒後才發現崔勞尼醫生高興到跟蚱蜢一樣跳個不停，他鼓掌歡呼：「有救了！有救了！交給我吧！」

半小時後，我們用擔架把一名傷患送回城堡，那個人是用繃帶緊緊綁在一起的惡人和善人。崔勞尼醫生小心翼翼地把原先分屬兩邊的所有內臟和血管縫合完畢後，再用一公里長的繃帶把他們牢牢綑綁在一起。與其說那是傷患，倒更像是一個古代木乃伊。

在死亡邊緣掙扎的我舅舅身邊日以繼夜都有人看顧。一天早晨，奶媽瑟芭斯提安娜看著有一條紅線貫穿額頭到下巴，且一直延伸到脖子的那張臉，開口說：「他醒了。」

我舅舅臉上開始有輕微抽搐，崔勞尼醫生看著抽搐從這邊臉頰傳到另一邊臉頰的時候喜極而泣。

然後梅達多子爵微微睜開眼睛和嘴巴。最初他的表情很驚慌，這半邊的臉生氣，那半邊的臉懇求，這半邊皺眉，那半邊沒有表情，這半邊嘴角微笑，那半邊咬牙切齒。之後他的表情才漸漸恢復對稱。

崔勞尼醫生說：「他痊癒了。」

潘蜜拉感嘆道：「我終於有一個完整的新郎。」

就這樣，我舅舅梅達多又變回一個完整的人，不好也不壞，是善與惡的綜合體，看起來跟他被分成兩半之前沒兩樣，不過他畢竟融合了兩個子爵各自的經驗，所以應該更有智慧。他一生幸福美滿，兒女成群，治理嚴明。我們的生活也獲得改善。或許有人以為子爵重新成為完整的人之後，便會創造太平盛世，但顯然一個完整的子爵不足以讓這個世界也變完整。

皮石汀不再建造絞刑臺，轉而專心設計磨坊；崔勞尼不再關心鬼火，開始研究麻疹和丹毒。我呢，我還在努力追求完整，所以常常覺得空虛沮喪。有時候一個人之所以覺得自己不完整，只不過是因為他太年輕。

即將成為少年的我依然會躲在參天大樹樹根間說故事給自己聽。一根松針對我而言可以是一名騎士、一位仕女，或一個弄臣。我看著任我擺弄的松針，沉迷在紛至沓來的故事中，又為我的天馬行空感到羞愧，落荒而逃。

某一天，崔勞尼醫生也離我而去。

那天早晨一支懸掛英國國旗的艦隊駛入我們的海灣停泊。全特拉巴的居民都跑去海邊看熱鬧，唯獨我不知道沒有去。船上水手紛紛趴在舷牆和桅杆上高舉鳳梨和烏龜給大家看，還拉開一條條橫幅，上面寫著斗大的拉丁文和英文。甲板上有一群頭戴三角帽和假髮的軍官，簇擁著用望遠鏡眺望岸邊的庫克船長，他一發現崔勞尼醫生，就下令旗手傳遞旗語如下：「醫生，請你立刻上船，我們還有牌局未完。」

崔勞尼醫生跟特拉巴所有人道別，水手們高歌「噢，澳大利亞！」，醫生跨坐在康卡洛內酒桶上被吊上船後，艦隊便起錨出發。

我什麼都沒看到，因為我躲在樹林裡說故事給自己聽。等我知道的時候為時已晚，我拼命往海岸跑，一邊高喊：「醫生！崔勞尼醫生！帶我一起走！你不能把我丟在這裡，醫生！」

但艦隊已經在海平線上消失，我被留在這裡，留在我們這個任重且道遠，又遍地鬼火的世界裡。

跋[5]

馬利歐・巴稜齊[6]

二十世紀五〇年代初，發生兩件憾事。一是切薩雷・帕維瑟[7]無預警輕生（一九五〇年），令人震驚，一是卡爾維諾父親久病辭世（一九五一年）。當時卡爾維諾甫獲聘為艾伊瑙迪出版社正職人員，他做出暫時離開[8]的決定，與在他人生中扮演舉足輕重角色的這兩個人相繼離世不無關聯，另一方面也是因為他以寫實風格呈現義大利當代社會錯綜複雜面貌的努力並未獲得預期回饋，因此他決定暫時停下腳步，不是為了書寫他認為自己應該寫的書，而是為了書寫他認為自己會喜歡看的書。因此有了《分成兩半的子爵》，由艾伊瑙迪出版社「籌碼」叢書（由維多里尼擔任主編的實驗小說系列）於一九五二年出版。

故事是由貴族之女和盜獵者的非婚生小孩以第一人稱敘述。雙親亡故後，他在舅舅梅達多・迪・特拉巴子爵的宮廷中長大。故事背景是發生在中歐的基督軍團對抗土耳其人之戰，梅達多在波西米亞一場戰役中被砲彈打中，重傷的他奇蹟痊癒，但是身體只剩下一半。梅達多返回位於熱內亞某處的領地後，種種行為都出人意表的殘酷冷血：他將（為了全心照顧飛禽讓位給兒子的）老父親艾伊歐佛子爵送去給他的伯勞鳥虐殺致死；他在田野間遊蕩時用劍把水果、蘑菇和動物都劈砍成兩半；他逼迫木匠師傅皮石汀發明可以架設多條繩索的絞刑臺和複雜的刑具，將所有犯下輕微罪行的人都判處死刑；他將木橋上的踏板鋸剩一半，還放火燒毀農田、樹林和民宅，甚至把老奶媽瑟芭斯提安娜住的城堡廂房也燒了，老太太雖然倖免於難，但是被當成痲瘋病患驅離城堡，懦弱的崔勞尼醫生沒有勇氣站出來反抗。梅達多的外甥大失所望，離開城堡，他四處漂泊的時候認識了住在傑比多丘的新教徒，造訪痲瘋病患群聚的蘑菇坡村時找到了老奶媽瑟芭斯提安娜。同一時間惡人（大家都這麼叫梅達多）愛上了牧羊女潘蜜拉，他用各種切成兩半的造物殘骸代表的血腥訊息向她示愛。有一天男孩發現子爵的行為舉止很奇怪，他不再施虐或充滿惡意，變得溫和有禮，而且樂於伸出援手。經過幾次誤會後，大家才明白他是另外半個梅達多，憑空出現的他無論性格或行事出發點都跟另外那一半截然不同。最初這個新局面讓特拉巴所有居民都鬆了一口氣，因為現在除了惡人欺壓霸凌，還多了善人樂善好施。只不過善人的克己無私往往不知變通，過於強勢，而且捨本逐末，他的道德說教令人厭煩，他的溫良謙讓非但無法與惡人抗衡，反而助長了惡人氣焰。「特拉巴的日子就這樣一天天過去，我們的心情越來越頹唐低落，因為覺得自己卡在同樣不符合人性的邪惡和良善之間，不知何去何從」。最終因為他們成為情敵，才解開了這個僵局。兩個只有一半的子爵為爭取潘蜜拉的青睞展開決鬥，奮戰到最後的他們揮劍劈開了對方結痂的傷疤，崔勞尼醫生立刻上前，用繃帶將他們緊緊綑綁在一起。痊癒後，梅達多重新成為一個完整的人。結局圓滿，但有一點缺憾：雖然特拉巴恢復往日平靜，但是即將進入青春期的梅達多外甥，老是覺得空虛沮喪，「有時候一個人之所以覺得自己不完整，只不過是因為他太年輕」。

這個短篇故事分為明快流暢的十個章節，每一章陳述故事裡的一段插曲，筆觸活潑，節奏略接近木偶劇結構，但實際比乍看之下複雜許多。舉例來說，故事主題並不是主體內部的善惡對立，雖然其中不乏呼應蘇格蘭作家史蒂文生的《化身博士》和《巴倫特雷的少爺》（*The Master of Ballantrae*）之處，但主要概念是主體分裂，相較於文中呈現的其他種種自相矛盾的現象，例如新教徒嚴苛自制卻目光短淺，與痲瘋病患的無憂無慮荒淫逸樂形成對比；（皮石汀師傅）追求新機器技術進步但罔顧其用途和（研究鬼火的崔勞尼醫生）追求抽象知識但無法落實在生活中的窘境；以及隱喻帕維瑟離世悲劇（特拉巴則是卡爾維諾父親出生的宅第名稱）、屬於另一個層次的梅達多內在積極衝動和自毀衝動之間的對立，主體分裂具有更深遠的價值意義。

一九六〇年，將《分成兩半的子爵》、《樹上的男爵》（一九五七）及《不存在的騎士》（一九五九）三篇「族譜」短篇小說結集為《我們的祖先》三部曲出版時，卡爾維諾說故事永遠始於意象，而非理念。我們可以說，這個被分成兩半的男人意象應該受到塞萬提斯的啟發。從一方面來說，卡爾維諾的敘事作品靈感來源確實絕大多數都是視覺，但另一方面，在五〇年代初，族譜三部曲這個想法根本還未出現。真正跟《分成兩半的子爵》有諸多交集的其實是《蛛巢小徑》。《蛛巢小徑》的主角平跟梅達多的外甥在個性上有相似之處，兩個人都是幼齡孤兒，都很機靈同時很天真，喜歡好奇觀察，也喜歡胡思亂想；都以戰爭及戰事帶來的一連串破壞為時空背景；人物建構上可以看出兩兩對照的安排（在《蛛巢小徑》中的對照組合是紅狼與佩雷、表哥與曼奇諾、麗娜與吉亞、平與金）；故事情節遵循史蒂文生模式，採寫實和虛幻路線交錯。不過《分成兩半的子爵》虛幻元素更為鮮明（還帶有一點驚悚，義大利文學評論家艾米里歐・伽齊〔Emilio Cecchi〕稱之為「哥德」風）。兩本小說最為相似之處在於潛在的故事構思都是點到為止的教化意涵。就此角度觀之，《分成兩半的子爵》中說故事的人至為關鍵，即便他的存在感不如《蛛巢小徑》中的平，有時候甚至接近隱形（但是讀者跟進善人和惡人的故事發展，自然知道潘蜜拉梳洗的時候子爵外甥守在旁邊，他也目睹了少年新教徒以掃的各種偷雞摸狗行為）。

換言之，相較於《蛛巢小徑》，《分成兩半的子爵》在故事和省思之間的那個斷層消失了。惡人在第五章許願：

像這樣把所有完整的都切成兩半，就可以擺脫完整狀態的遲鈍與無知。當我還是一個完整的人，對我而言一切就跟空氣一樣理所當然、混沌和無趣。我以為我看見全貌，其實只看見表象。你如果變成一半的你，孩子，希望你會有那一天，你就能明白完整但平庸的腦袋以外的種種。你固然失去一半的你和一半的世界，但是留下來的那一半會比完整的你更有深度、更珍貴數千倍。然後你就會希望萬物都按照你的樣子，只有殘缺不全的一半，因為美麗、智慧和正義只存在於殘缺中。

惡人對一半大力讚揚，是因為他意識到人生的無情與冷酷，但是善人對一半的肯定則是基於惻隱之心的利他主義：

> 哦，潘蜜拉，這就是身為半個人的好處，我如今才明白這個世界上每個人和每件事都因自身不完整而感到痛苦。以前的我是完整的，所以那時候我不懂，我對四處可見的苦痛和創傷充耳不聞、難以體會，因為完整的我根本無法想像。其實不只我是破碎、失根的人，潘蜜拉，你和所有其他人也都是。如今我有了兄弟手足，是以前完整的我未曾擁有過的，這個兄弟手足集世界上所有殘缺和不足於一身。潘蜜拉，你若跟我走，你能學會苦他人所苦，並在療癒他人之苦的同時也療癒你自己的苦。（第七章）

這跟《蛛巢小徑》中的政委金在論及抗戰真正意義時表達的看法相去不遠：「是一種根本的、無以名之的人性衝動，源自我們受過的所有屈辱（……）。我認為我們的政治工作就是要利用我們受過的苦難，利用苦難來對抗苦難本身，讓我們得到救贖」。此外，關於殘缺是一種特權，破碎是人際關係的根本形式這個理念，卡爾維諾後續還寫了兩個短篇小說「佐證」，分別是《砍頭》（一九六九年發表在《咖啡館》雜誌〔*Il Caffe*〕）[9]和後來更名為《在美洲虎太陽下》的《味道知道》（一九八二年發表在FMR雜誌）[10]。透過物進行溝通，是《分成兩半的子爵》另一個後來持續發展的母題。惡人用血淋淋的立體畫謎當作給潘蜜拉的留言：用半隻蝙蝠和水母，表示約她晚上海邊見；讓毛毛蟲在公雞雞冠上列隊爬行，表示明天清晨樹林裡見。善人也用同樣方式留言給崔勞尼醫生，提醒他去幫病人看診：把樹上石榴用布包起來，表示果園主人牙疼；讓一排蝸牛在老太太家門口階梯上爬，表示進門時小聲點以免嚇到人。採用同樣溝通模式的還有馬可波羅，《看不見的城市》（一九七二）中還不識東方語言的他以啞劇向忽必烈描述他在旅途中所見所聞，《命運交織的城堡》（一九六九）和《命運交織的酒館》（一九七三）則是用塔羅紙牌的排列說故事。

雖然《分成兩半的子爵》是以幾何形式為本，但其初衷並非善惡二元論，也無意簡化，對立的形象表現裡蘊含矛盾或可逆性。由某些約定俗成認知的翻轉可見端倪，例如白色和右側向來被視為正面，黑色和左側被視為負面。然而故事中惡人是右半，善人是左半（政界也都同意）；以士兵屍體為食的是鸛鳥及鶴，不是烏鴉和兀鷲。最特別的是變成子爵夫人的牧羊女潘蜜拉，她與天真無邪、溫柔婉約的被迫害少女刻板形象截然不同，面對惡人脅迫和父母親勸說始終不願屈服，被追求時頭腦清醒聰敏過人（當她收到尾巴完整的半隻松鼠時，很清楚惡人給她什麼暗示）。牧羊女是解開僵局的關鍵角色，她接受兩位半個子爵的求婚，最終獲得了一個完整的新郎。跟二十世紀小說見證的時代趨勢相吻合的是，卡爾維諾筆下的女性角色自此經常展現出比男性更具自主性、更果斷，也更主動的一面，包括老奶媽瑟芭斯提安娜的人格特質也充滿活力和鬥志，而且「完整」，只有她拒絕區分兩個梅達多，並且認為善人要為惡人的惡行負責。

《分成兩半的子爵》有兩個結局。第一個是梅達多的結局，有別於約定俗成的圓滿結局，他雖然很長壽，兒女成群，治理嚴明，但是這一切並不代表必然會展開太平盛世（「一個完整的子爵不足以讓這個世界也變完整」）。第二個是年幼敘事者的結局：跟《蛛巢小徑》的平不同，他失去了摯友崔勞尼醫生（這個名字來自《金銀島》），因為醫生再度跟隨庫克船長出海遠行（這個安排打亂了故事一開始設定與土耳其軍隊打仗的時代背景）。於是幻想破滅，正在成長的小男孩恢復孤單一人，「留在我們這個任重且道遠，又遍地鬼火的世界裡」。

---

5 （原注）原文標題〈分成兩半的子爵〉（*Il visconte dimezzato*），摘錄自《卡爾維諾》（*Calvino*），作者馬利歐．巴稜齊，磨坊出版社（Il Mulino），二〇〇九年，頁一八—二三。

6 馬利歐．巴稜齊（Mario Barenghi），義大利當代文學學者，任教於米蘭比科卡大學。

7 切薩雷．帕維瑟（Cesare Pavese），義大利當代最具代表性的文學家、詩人及評論家，曾任艾伊瑙迪出版社編輯，與卡爾維諾關係亦師亦友。著有《月亮與篝火》（*La luna e i falò*）、《美麗盛夏》（*La bella estate*）等。

8 一九五一年十月至十一月，卡爾維諾赴蘇聯訪問，自一九五二年三月起在《統一報》發表，後結集為《卡爾維諾蘇聯旅遊筆記》（*Taccuino di un viaggio in URSS di Italo Calvino*）出版。

9 《砍頭》（*La decapitazione dei capi*），後收錄在短篇小說集《在你說「喂」之前》（*Prima che tu dica "pronto"*），Mondadori 出版社，一九九三年出版。

10 原標題《味道知道》（*Sapore sapere*）更名為《在美洲虎太陽下》（*Sotto il sole giaguaro*）後，與談嗅覺和聽覺的另外兩個短篇結集為《在美洲虎太陽下》，Garzanti 出版社，一九八六年出版。

大師名作坊 930

分成兩半的子爵

作　　者—伊塔羅・卡爾維諾
譯　　者—倪安宇
編　　輯—張瑋庭
美術設計—廖韡
內頁排版—芯澤有限公司
總 編 輯—嘉世強
發 行 人—趙政岷
出 版 者—時報文化出版企業股份有限公司
108019臺北市和平西路三段二四〇號三樓
發行專線—（〇二）二三〇六—六八四二
讀者服務專線—〇八〇〇—二三一—七〇五
（〇二）二三〇四—七一〇三
讀者服務傳真—（〇二）二三〇四—六八五八
郵撥—一九三四四七二四時報文化出版公司
信箱—10899臺北華江橋郵局第九九信箱
時報悅讀網—http://www.readingtimes.com.tw
電子郵件信箱—liter@readingtimes.com.tw
法律顧問—理律法律事務所　陳長文律師、李念祖律師
印　　刷—紘億印刷有限公司
二版一刷—二〇二五年一月十七日
定　　價—新臺幣三二〇元
（缺頁或破損的書，請寄回更換）

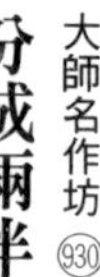

時報文化出版公司成立於一九七五年，
並於一九九九年股票上櫃公開發行，於二〇〇八年脫離中時集團非屬旺中，
以「尊重智慧與創意的文化事業」為信念。

分成兩半的子爵 / 伊塔羅・卡爾維諾(Italo Calvino)著；倪安宇譯．－二版．－臺北市：時報文化, 2025.1
面；公分．－(大師名作坊;930)
譯自：Il visconte dimezzato
ISBN 978-626-419-144-9（平裝）

877.57　　113019651

ISBN 978-626-419-144-9
Printed in Taiwan